KB097001

지치지 않는 사랑에 관하여

—소란스러운 사랑을 지양하면서

지치지 않는 사랑에 관하여
—소란스러운 사랑을 지양하면서

초판 1판 펴낸 날 2024년 6월 20일

지은이 | 강상림
펴낸이 | 김삼수
펴낸곳 | 아모르문디
등　록 | 제313-2005-00087호
주　소 | 서울시 마포구 월드컵북로5길 56, 401호
전　화 | 070-4114-2665 · 팩　스 | 0505-303-3334
이메일 | amormundi1@daum.net

ISBN 979-11-91040-37-1 93860

지치지 않는 사랑에 관하여

소란스러운 사랑을 지양하면서

강상림 지음

De l'amour qui ne se lasse pas
Au loin de l'amour bruyant

아모르문디

초대하는 글

고대 그리스, 파르메니데스 이후 서양 사유의 역사는 주로 '존재'를 규명하는 것이었다. 있다고 하는 것이 무엇인가에 관해 정의하고 설명하고 증명하는 역사였다. 있음의 존재는 절대적인 것으로서 어떠한 예외도 없이, 부여된 내적 질서 안에서 정합적으로 맞물려 정확하게 한계지어질 수 있어야 했다. 이러한 존재에 대한 절대적 한계지음의 사유는 '개념'이라는 것을 탄생하게 했고 불변의 본질이나 속성에 대해 생각하게 했다. 개념적 사유는 학문을 가능하게 했으며, 존재적 사유의 요구 아래 다다른 최고의 산물인 과학은 산업화와 근대화를 견인함으로써 서구 세계로 하여금 전 세계적 패권을 쥘 수 있게 했다. '경험'은 이론을 증명하기 위한 '실습'이거나 이론을 정립하기 위한 '실험'의 과정일 뿐,

이성 아래 종속된 것으로서 큰 틀에서 보면 머릿속에 이미 정립된 가설을, 수정이 전제된다고 하더라도, 따라갈 뿐이었다.

'삶'은 객관적 '앎'과 사유의 대상은 아니다. 그러나 한계지을 수 있는, 정확히 규정짓고 정의할 수 있는 대상이 아니라고 해서 성찰하고 사유하는 것을 꺼려야 할 이유는 없다. 서양 사유에서 삶과 관계한 철학적 질문은 에피쿠로스와 스토아학파 이후 거의 도외시 되었다. 철학(philo-sophia)이 그 어원 그대로 지혜에 대한 사랑이라면, 그래서 그 본연의 자리로 돌아와 철학의 의미를 되새길 수 있다면, 비록 개념적 앎의 대상이 아니더라도 지혜라는 큰 범주에서 '삶'에 대해 질문해 볼 수 있을 것이다 : 영원한 '존재'가 아닌 '현재'를, 절대적 '있음'이 아닌 흘러가는 '시간'에 대해, 그리고 '삶/살아감'에 대해 실존적 차원에서 새롭게 물음을 던져 볼 수 있다. '삶'이라는 한계지을 수 없는 것에 관계하여, 어떠한 틀 없이 순수하게 '경험'의 걸러짐을 통해 점진적으로 밝아지게 됨은 어떠한 것인가?

'현재'란 무엇이며, '현재'를 '살아감'은 어떻게 가능한가? 원하던 바가 실현되어도 실현된 현재가 보이지 않음은, 그래서 그 현재를 그때 그 시간에 온전히 만끽할 수 없음은, 만끽한다고 하더라도 이러한 즐거움이 지속되지 않음은, 여전히 더 성취하고픈 만족을 모르는 인간의 욕망인가, 아니면 오랜 기다림으로 인해 실현된 현재를 자각하지 못함인가, 그것도 아니면 목적의 성취로 인한 심신의 단순한 지침 또는 허무함인가? 이 모든 이유에 앞서, 시간을, 현재를 지각함에 좀 더 근원적인 문제가 있다면 그것은 무엇인가? 그렇다면 어떻게 현재는 펼쳐질 수 있는가? 여러 물음에, 프랑수아 줄리앙이 말하는 '두 번째 사랑'과 '두 번째 삶'을 고찰해 봄으로써 다가가 보고자 한다. 이는 그가 언급했듯, 플라톤과 같이 이상(理想)의, 저 너머의, 초월의 세계를 상정하여 세계를 이원화시킴 없이, 또는 하이데거와 같이 존재를 은폐시키거나 종교적 신비주의로 나아가지 않고, 그야말로 실재의 실존적 차원에서 보이지 않는 불투명한 현재를 어떻게 투명하게 드러내어 펼칠 수 있는가에 관한 물음이다.

차례

들어가며

'타자'에 대한 사유로 대표되는 프랑스의 철학자이자 중국학 자인 프랑수아 줄리앙의 두 권의 저서 『그녀 가까이에서(Près d'elle)』[1]와 『두 번째 삶(Une seconde vie)』[2]을 읽어나가면서, '사랑'과 '삶', '타자'에 대하여 질문을 던지고 또 궁구하는, 동시에 스스로 성찰하고 반추하는 사유의 여정을 밟아 보도록 하겠다. 이는 달리 표현하면 숨겨져 있던 본연의, 구겨져 있던 나를 마주

---

1) *Près d'elle*, Galilée, Paris, 2016 : "그녀 가까이에서"라는 제목에서 보듯, 작가 는 '가까이'라는 말의 의미가 무엇인지 질문을 던지면서 '그녀'라는 타자 또한 무엇 을 의미하는지 성찰해나갈 것으로 짐작해 볼 수 있다. 그럼으로써 '가까이 있음'이 무엇을 의미하며 어떻게 가능한지에 대해 고찰할 것이다.

2) *Une seconde vie*, Grasset, Paris, 2017 : 저서의 제목은 "두 번째 삶"이며, 여 기서는 '두 번째'라는 말의 의미와 함께, '앎'이 아닌 '경험'과 '삶'에 대해 성찰한다.

하고 드러내는 여정으로서, 내 안의 나와 조우하고 함께함이다. 이러한 여정을 통해, 일상의 삶을 지속하는 대부분의 보통 사람들에게, 비슷비슷한 매일의 삶이지만 또 날마다 새롭게 출현하는 삶으로서, 비로소 삶을 시작할 수 있는 작고도 큰 용기가 충만할 수 있기를 기대해 본다.

'사랑'이라는 큰 의미 없이—주변의 누군가나 무엇을 사랑하든, 시공간적으로 멀리 있는 누군가나 무엇을 사랑하든—주어진 삶을 살아내기에는, '삶'은 너무나 막막하고 생생한 '경험'의 연속이다. 증오나 미움, 그래서 사랑에 지침도 결국 사랑의 또 다른 단면일 뿐이다. 가난했지만 공동체적인 것에 대한 관념이 강했던 다분히 낭만적(?)이었던 시대를 지나, 이제는 물질적으로는 상대적으로 풍요롭지만 지극히 개인주의적인 사회로 진입하게 되었다. 이러한 시대에 '사랑'과 '삶'에 이미 지쳐버린 동시대인들에게, 진부하지만 삶이 계속되는 한 끊이지 않을 물음, 곧 '사랑'과 지금, 여기의 현재를 '살아감'에 대해 F. 줄리앙의 최근 저서를 참조하여 새로운 질문을 던지고 함께 성찰해 보고자 한다. 이를 통해, '사랑'과 '삶', 그리고 '경험'에 대해 다르게 생각해 볼 수 있는, 그래서 삶과 사랑에 용기를 내어 다가설 수 있는 작은 이정표가 되고자 한다.

사랑은 어쩔 수 없이 비극적인 요소를 안고 있다. 사랑은 '쟁취하는 것'이라든지, 첫사랑, 또는 진정한 사랑은 '이루어지기 힘들다'라든지 하는, 사랑에 내재하는 비극적 요소를 우리는 어느 정도 알고 있다. 사랑의 범주는 광범위하다. 비단 남녀의 사랑뿐만 아니라, 부모와 자식 사이에서, 형제지간에서, 사제지간에서, 절친한 친구 사이에서, 존경하는 위인 또는 특정한 인물을 향한, 실재하지 않는 상황에서라도, 죽음도 갈라놓을 수 없는, 늘 마음 깊은 곳에서 함께 하고 흐르고 있는 것이 사랑이다.

일상적 의미에서 우리가 생각하는 사랑은 대상을 향해 나아가 쟁취하고픈 에로스적 욕망과 자신을 고스란히 내어주는 아가페적 희생 사이를 오간다. 사랑은 여러 의미를 함축하며, 동시에 모호하기도 하다. 사랑이란 이름으로 이해하기 힘든 많은 일들을 강요하기도 감내하기도 하며, 한쪽은 고집스러운 끈기로 쟁취에 성공하고 다른 한쪽은 방어에 실패하는 양상을 띠며 자신을 내어주는 그것을 '사랑'이라 부르기도 한다. 사랑은 증오와 경멸과 한 쌍이 되어, 다시 맹세하고 선언하기를 반복하며 계속하여 꺼지고 솟아오르길 끝없이 되풀이한다. F. 줄리앙이 "두 번째 사랑"에서 언급한 이러저러한 일반적 사랑의 모습에 대한 묘사를 굳이 인용하지 않더라도, 에로스적 사랑의 역설적이면서도 비극적으로 반복되는 양상은 우리 모두가 잘 알고 있는 그런 사랑으로 귀결되는 삶이다. 이를 '첫 번째 사랑'이라고 부를 수 있겠다.

사랑의 이러한 안타까운 면모들은 아니더라도, 사랑의 다의성,

그 모호함은 제대로 시작하기도 전에 사랑에 환멸을 느끼도록 만들기도 하며, 동시에 사랑은 영원히 가닿을 것 같지 않은 두렵고 불확실한 대상으로 전락해 버린다. 우리가 흥미롭게 주목하는 남녀 간의 사랑은 대부분 욕망과 희생을 오가는, 사랑이 대상화된 이 '첫 번째 사랑'이다. "사랑이 어떻게 변하느냐"는 어느 영화의 대사처럼 첫 번째에 속하는 사랑은 영원히 닿지 않을 것 같거나, 닿는다고 하더라도 관계가 소원해지거나 허무해지거나 해서 나락으로 떨어질 것 같은 사랑이다. 그래서 첫 번째 사랑은 사랑의 한가운데에 머물러 있어도 동시에 벗어나고 싶은, 그 경계선 밖으로 한번은 나와 보고 싶은, 이율배반적 감정이 드는 사랑이다. 그렇다면 F. 줄리앙이 말하는 그 다음의 사랑, 다시 말해 첫 번째 사랑 다음으로 오는 사랑은 어떠한가? 이것이 바로 다음의 사랑 곧 두 번째 사랑이다. 다음으로 맞이하는 사랑은 모두 다음의 사랑, 곧 두 번째 사랑이며, 동일한 사람과 계속하든, 전혀 다른 사람과 다른 사랑을 하든 이에 관계하지는 않는다. 다음으로 하는 사랑, 즉 두 번째 사랑은 같은 사람과 하든, 그렇지 않고 전혀 다른 사람과 하든, 중요한 것은 다른 차원의 사랑으로 함께 나아가는 사랑이라는 데 있다. 그래서 두 번째 사랑은 다음의 사랑이지만, 목적이 분명했던 첫 번째 사랑 다음에 오는 사랑이 모두 두 번째 사랑인 것은 아니다.

　그런데 '두 번째 사랑'에 대하여 논하기에 앞서, 또는 두 번째 사랑과 함께, '시간'에 대하여 성찰해 보고자 한다. 사랑은 혼자서는 불가능한 것이므로, 반드시 누군가와 함께 하는 것이라면, 그 상대는 엄밀히 말해 '타자'이다. '함께 함'은 '현재'를 함께 함이고, 사랑은 '타자'와 '현재'를 함께 함이다. 그렇다면 '현재'란 무엇인가? 현재를 함께 함은 그 진정한 의미에서 어떠한 것이고, 어떻게 가능한 것인가? '현재'를 '살아감'은 무엇을 의미하는가? 두 번째 사랑에서 '타자'란 어떠한 의미이며, '타자'란 무엇인가?

　F. 줄리앙에 의하면, '**현재(le présent)**'가 의미하는 바로 '여기', '지금'이라는 것은 다분히 공격적이고 강압적인 면이 있다.[3] '현재'란 '시간적인 것'과 '공간적인 것'을 동시에 뜻함으로써, '시간적 가까움'과 '공간적 실재함'을 함께 말하는 것이다[4] : 이 시간과 공간은 현재에서만 만나며, 외적, 내적 지각 작용은 하나를 이룬다. 현재에서 '현재 있음'의 유무에 따라 존재는 드러나고, 구분되며, 실재적으로 존재하게 된다[5] ; '있음'은, 공간적으로나 시간적으로, '없음'에 의해 구분된다. 그런데 현재는 비-상응함으로써, 실현되기 시작하면서 불투명해진다 : '있음'으로 꽉 들어찰 때 '있음'에 안착되어 불투명해져 보이지 않게 됨으로써, 현재는 투명하게 드러날 수 없게 된다. 즉 현재의 실현(달리 말하자면 '있음')

---

3) *Près d'elle*, p. 41.
4) *Près d'elle*, pp. 19~20.
5) *Près d'elle*, p. 20.

은, 그 '있음'에 완벽히 상응하면서 아무것도 볼 수 없게 되므로 실현된 현재는 보이지 않아 불투명해지는 것이다.

현재가 투명하게 드러남은 '거리'를 통해 가능하다.[6] 그리하여 F. 줄리앙의 해석에 의하면, 본연의 어원적 의미 그대로, '**가까이 또는 근저에 있음**', '**앞에 있음**'의 '**현재**(présent, 라틴어 praesens, 고대 그리스어 par-on)'[7]란, 어떠한 순간에조차도 시간과 공간에 고착시켜 사유할 수 없는, '**가까이**', '**거리**'를 두고 끊임없이 흐르는 여정에 있는 것이다.[8]

그도 그럴 것이 '삶'은 언제나 온전히 상응하지 않는다. 삶은 '생각과는 별개'라는 것을 깨닫는 경험의 연속이다. 학교에서 얻은 배움은 실제 사회생활에서 그다지 큰 효력을 발휘하지 못한다. 오히려 상사와의 관계에서나 일 처리 과정에서 융통성 없다거나 일머리가 없다고 비난받기도 하고, 또 스스로 갈등의 요인이 됨으로써 신속한 일 처리에 방해가 되기도 한다. 문제가 되지 않는 수준의, 적당한 아첨과 동료들에 대한 외면, 위선, 상황에 따

---

6) Qu'il faille ainsi de la distance pour que se déploie de la transparence vérifie bien, à l'envers, que la présence génère de l'opacité. (*Près d'elle*, p. 42)

7) *Près d'elle*, p. 19.

8) (…) qu'elle n'existe effectivement que quand elle n'est pas pleinement dans son être-là, (…) (*Près d'elle*, p. 27)

라 허용되는 새치기 내지는 끼어들기, 가벼운 거짓말 및 융통성 있는 임기응변은, '눈치' 또는 '센스'라는, 제3의 사회적 감각이라 는 이름으로, 성공 또는 이익이라는 책임과 결과 지향적인 명목 아래, 암암리에 허용되고 권장되는 덕목이기도 하다. 굳이 사회 적 삶의 다양한 비정합적 면모를 들추지 않더라도, 삶 그 자체는, 학습했던 대로, 생각했던 대로 흘러가지 않는다. 이는 누구나 어 렵지 않게 삶의 경험을 통해 자각하는 부분이다. '현재'(또는 '있 음')의 시간과 함께 가는 삶은 '비상응함'[9]의 연속이다.

확실히 '현재(le présent)'의 '있음(la présence)'은 존재가 실 현되면서, 다시 말해 현재에 안착하기 시작하면서 불투명해진다. 이는 '있음'이 그 자체로서 완벽히 상응하면서 보이지 않게 되기 때문이다. 즉 완전히 활성화된 '있음', 달리 말하자면 온전히 상응 된 '있음'은 오히려 '있음'을 드러내지 못한다. 이는 F. 줄리앙의 언급대로, 고대하고 고대하던 것이 실현된 바로 그 순간이나 당 일보다는, 그 직전의 순간이나 고대하며 기다리던 그 전날들이 더 설레고 좋은, 또는 그 직후에야 비로소 실현됐던 순간들을 음 미하며 온전히 그 좋음을 느끼는 이유이기도 할 것이다. '현재'의 '드러남'은 온전히 실현된 현재가 아닌, 아주 가까이 있지만 현재 에 온전히 안착하지는 않는, 그래서 '거리'의 '간격'을 통해, '있음'

---

9) 제2장에서 주제와 관련하여 언급됨.

과 '없음' 사이에 '출현(함)'을 통해 가능한 것이다. 동일한 맥락에서, 나의 존재는 나 자체로 절대적으로 '규정지어진 나'보다는, 타자와의 '관계'를 통해 더 잘 드러난다 : 타자와의 관계에서 '거리'의 '간격'은 관계의 '역동성'이 유지되는 간격으로서, 관계를 한계짓지 않고 '무한함'으로 이끄는 역할을 한다.

  그리하여 실존적 관점에서 존재는 '절대적 있음'이 아닌 '가까이 있음'이고, 존재가 드러나는 방식으로서의 **'가까이 있음'의** **'현재(le présent)'는** 또는 **'(현재)있음(la présence)'**은, '타자'를 통해 열린다. '타자'는 '나'와의 '거리'를 형성하고, '거리'를 통해 생성된 타자와의 **'간격'**은 관계의 지평선을 한계지음 저 너머 무한으로 이끄는 '간격'으로서, 나와 타자의 관계를 한계지어짐 없이 흐르게 한다. 이러한 타자와의 관계를 **'친밀함(l'in-time)'**이라고 한다. '친밀함'은 내 안의 가장 깊은 곳에 타자가 존재하고, 그러한 나의 타자와 마주 보며 존재를 함께 내밀하게 '나누는' 것이다.

  지식이 아닌 '삶'은 지성이 관계하는 '대상적 앎'의 여정이 아니며, '현재'는 타자와의 '친밀함'에서 '나'와 '타자' 간 '거리'를 통해 투명하게 드러난다 : '있음'은 과거가 여전히 지나가지 않고 미래가 아직 도래하지 않았음이기에, 미래도 과거도 아닌, '현재 있음'을 말한다.[10) 그런데 '있음'이 실재에 정확히 상응하여 안착함은,

즉 실현된 '현재'는 되려 현재를 투명하게 드러나지 못하게 한다. 그래서 실현되어 안착한 현재의 '있음'은 드러나지 않아 불투명 하기에, 우리는 '있음'이 실현된 그 순간에는 잘 인지하지 못하는 것이다. F. 줄리앙은 이러한 모순은 '있음'이 그 본성상, 본디 정확 하게 상응하지 않음에서 기인한다고 말한다.

이에 '있음'은 현재, 즉 바로 '지금, 여기 있음'이 아닌, 거리가 함께 하는 '가까이 있음'이다. 그럼으로써 **비상응하는 삶**의 한가 운데에 있는 실존적 존재로서의 현재의 나는, '한계지음'이 가능 한 '존재'보다는 한계지을 수 없는 현재의 이 '삶'에, 그리고 '지식'

---

10) F. 줄리앙은 '현재 있음'이란, 존재가 활성화된 것으로 정의한다 : (…) la présence s'identifie à l'actualité de l'Être (…) (*Près d'elle*, p. 20). 다른 한편, '현재 있음(la présence)'은 '없음(l'absence)'과 함께, 또는 '다른 형태의 있음'과 함께 전 환의 한 쌍으로 쓰이는 단어다. 이에 그냥 '있음'이라고 해도 좋을 것이다. 여기에서 언급되는 의미의 맥락과도 함께 하는 부분이다. 그리고 그 형용사인 'présent'은 능 동적으로 실제 행위하고 있거나 수동적으로 내 앞에 일어나고 있음의 의미로, 이 또 한 명사로도 쓰일 수 있는데, 이는 일시적인 상태가 영원함으로 격상되어 또는 다달 아, 실사화된, 절대화된 영원한 있음의 존재를 말한다(A. Lalande, Vocabulaire technique et critique de la philosophie, Puf, Paris, 2002, pp. 818~819). 반면 F. 줄리앙은 영원한 현재가 아닌, 즉 관념적으로 영원적인 것(l'Être)이 된 있음이 아닌, 그래서 절대적이고 '영원한 있음', '장소화된, 박제된 있음'이 아닌, 즉 **'가까이 있음 (la présence)'**의 실존의 삶의 차원에서의 '있음'의 현재(le présent)를 **'현재 있음'** 을 말한다. 그래서 '있음'은 관념 안에서 절대화된 존재가 아닌, 그야말로 '현재 있음' 의 어원적 의미 그대로, '가까이 있음'의 실재의 '현존재'를 말한다. 따라서 이 글에서 'la présence'를 '현재 있음' 또는 **문맥에 따라 '있음', '현존재'**로, **'le présent'**을 같은 맥락에서 '가까이 있음'의 의미로서 **'현재(함)'**로 언급하겠다.

보다는 **'경험'**에, 더 나아가 '진리'보다는 **'밝음/밝아짐'**에, 달리
말하자면 '목적'을 '지향'함(또는 진보)보다는 '걸러지고' '정화되
어' **나아가는 '흐름'**과 그 **여정**에, '공표'(한 번의 결정)나 갑작스
러운 '시선의 전환'보다는 **'점진적 나아감'**에 새롭게 귀 기울이지
않을 수 없다. 그래서 나와 타자를 '주체'와 '객체'(또는 '대상')의
관계로 한계지어 타자를 앎의 여정에서와 같이 동질화하기보다
는 각 개별적 주체로서 서로를 바라보며, 타자를 욕망으로 지향
하는 대상이 아닌 '나'와 '타자' 그 '사이' 아주 '내밀한', 그 관계에
서 펼치는 사랑의 문제에 대해, 그리하여 개별적 주체들의 무한
한 관계와 삶의 원천 내지는 그 자원—친밀함—을 발전시키는
문제에 대해 고민해 보지 않을 수 없다.

　사랑이 품은 모호함은 규정하고 정의하는, 정리하여 장소화할
수 있는 한계지음의 대상이 아님에서 그러할 것이다. **'친밀함'을
나누는 사랑**은, 지향하는 대상으로서의 사랑이나 이것의 또 다른
단면일 뿐인 맹목적 희생을 요구하는 사랑이 아닌, 그리하여 맹
세하고 이벤트하고 찬양함으로써 지향했던 대상을 '이루어 내는
사랑'이나 무조건적인 희생으로 자신을 내어주면서 **증명해 내는
사랑'이 아닌**, 점차 서로 적셔지며 관계의 '사이'에서 현재가 펼쳐
지는 사랑이다. 그래서 이는 첫 번째의 **소란스러운 사랑**(l'amour
bruyant)'**이 아닌**, 은근히 **'스며드는 사랑'**이며, 한계가 분명한
첫사랑 다음의, 다른 차원에서 한계지어짐 없이 **무한히** 펼쳐지는

두 번째 사랑이며, 그러기에 '지치지 않는 사랑(l'amour qui ne se lasse pas)'이다.

1. 철학의 존재적 사유와
삶의 무한함과 모호함

F. 줄리앙이 말한 대로라면, 철학의 고유함은 추상화와 개념화 작용을 거쳐 '존재'를 '절대화함'에 있다[11] ; '절대화함'이란 '존재'를, 또는 '있음'을 명확하게 한계짓는 것으로서, 파르메니데스에 따른다면 존재란 어떠한 틈이나 모호함도 허용치 않는, 부동하고 동일하며, 나뉘지 않는, 시작도 끝도 없고, 더하지도 덜 하지도 않는, 절대적 한계지음으로 둘러싸인 '있음'이다. 파르메니데스의 '존재'라 함은 절대적으로 한계지어진 것으로서 생기지도, 소멸하지도, 변하지도 않는, 그 자체로 부동의 있음이다. 『향연』에서 플라톤은 '아름다움'에 대해 그 자체로 부동적이고 완벽한 것으

---

11) *Près d'elle*, pp. 73~74.

로서 생성되지도 사그라들지도 않는, 시간에 따라 변하거나 이러 저러한 관계에 따라 달라질 수 없는 것으로 보며, '세계(cosmos)' 는 그 자체로 아름다운 것으로 닫혀 있고, 일체를 이루고 있으며 형태가 있는, 앞서 언급한 부동의 있음으로 존재한다. '절대적 한 계지음'의 '절대적'임은 '본질'의 의미를 부여함으로써 사물들을 아낙시만드로스의 '아페이론(apeiron)'의 '한계짓지 않음/무한 자'의 사유에서 멀어지게 했다. 뒤이어 아리스토텔레스는 『형이 상학』에서 일체에 따라 사유하는 정신 작용에 대해 말하는데, 이 를 통해 개념에 대한 요구와 존재를 한계짓는 것을 동일시함으 로써, 아페이론의 '무한'에 대한 사유는 결국 그리스 철학에서 닫 히기 시작했다고 F. 줄리앙은 말한다.12) 존재란 절대적으로 한 계지어지는 것으로서 개념화된 산물이며, 정의내려진 것(la dé-finition)이다.

그런데 이러한 '존재'의 '절대적 한계지음'과는 별개로, 즉 절대 적 진리를 지향하는 사물들의 '있음'과는 반대로, 달리 말하자면 '보편화된', 객관적인 존재가 아닌, 각각의 저마다 다른 역사와 시 간을 겪는 '개별적' 주체에 대해, 그리고 나와 너의 한계지어지지 않는 관계—'친밀함(l'intime)'—에 대해 주목해 볼 수 있다. F. 줄 리앙에 의하면, 유럽에서 이것의 최초의 개념은 히브리 전통에

12) *Près d'elle*, pp. 73~74.

서, 즉 기독교 정신에서 '나'와 '너'의 친밀한 관계 안에서, 다시 말해 나와 나를 비추는, 나의 타자가 된 하느님과의 관계[13]의 한계 지을 수 없는 무한함에서 출발한다. 이는 객관적으로 인지계와 감각계로 나뉘는 정신 기능의 총합으로서의 주체가 아닌, 개별적 주체로서의, 그 내면에서 펼쳐지는 '주관적인 것'에 관계한다. 그 래서 여기서 주체란 변하지 않고 저 기저에 감춰져 있지만 존속 하는 '실체'로서의 아리스토텔레스의 물리적, 논리적 주체가 아 닌, 그야말로 '개별적'인 '삶'의 주체이다.[14] 그리하여 '삶'과 '나' 와 '너'의 '사랑'에 대한 성찰은 보편화된 존재의 절대적 있음으로 서의 영원한 있음, 즉 박제된 현재가 아닌, '개별적 주체' 간의 '관 계'에서 드러나고 펼쳐지는, 톤과 억양이 있는, 생생하지만 거칠 거칠한 그야말로 '현재'에 대한 성찰이다 ; '관계'란 개별적 주체들 사이, 즉 '나'와 나 가까이에 머무는 '나의 타자(Autre)'와의 '친밀' 한 관계를 말하며, 이는 두 주체가 서로 온전히 마주 대면하기까 지 그들만의 역사를 만들고 시간과 더불어 힘듦을 함께 겪어 나 감으로써 얻어지는 보상이다.[15] 그리하여 '현존재(la présence)'

13) F. 줄리앙에 의하면, 아우구스티누스의 『고백록』에서 하느님을 '너'로 지칭 하면서 하느님은 '나'와 친밀한 관계를 형성하는 '나의 타자(Autre)'가 된다(*Près d'elle*, p. 75)

14) *Près d'elle*, pp. 74~75.

15) F. 줄리앙은 존재들 사이, 즉 '나'와 '너' 사이에서 발생하는 장애의 벽에서 서 로 마주 대면하게 되는데, 이 장애를 존재들 간의 투명한 관계를 막는 '불투명함 (l'opacité)'이라고 한다면, 이러한 불투명함을 극복함에서 '친밀함'은 얻어지는 것

란 '현재 있음'으로, 나의 타자와의 '친밀'한 관계의 '나눔'을 통해 순간과 분위기에 기민하게 반응하면서 펼쳐지는 현재의 드러남이자 '나'의 드러남이다.16)

그럼으로써 이러한 성찰은 존재, 즉 영원한 있음에 대한 절대적 진리에 관계하는 성찰이 아닌, 타자와의 관계—친밀함—에서 개별적 주체인 내가 시시때때로 드러나 현재가 펼쳐지는, 나와 나를 마주 보는 타자와의 '삶'에 대한 사유이다. 다르게 말하면, 보편적 존재가 아닌, 개별적 주체로서의 '타자'에 대한 사유이며, 절대적인 것이 아닌, 모호함과 무한함으로 점철된 사유라고 할 수 있다.17)

이라고 말한다(*Près d'elle*, p. 69). 곧, 친밀함은 객관화할 수 없는, '나'와 '너'의 아주 은밀하고도 개별적인 관계의 역사에서 얻어지는 보상이다.

16) *Près d'elle*, p. 70.

17) *Près d'elle*, p. 75.

2. 현재의 불투명함과 타자, 그리고 두 번째 사랑

한편, '존재'의 '절대적 있음(l'Être)'이 아닌 '있음(la présence)'은, 프랑스어 'présence'의 어원 그대로 '가까이 있음(l'être-près)'으로, 시간적, 공간적으로 있음에 가까이 간 있음이며, 존재적으로는 나와 마주하고 있는 '타자' 가까이, 그 근저에서 함께 하는 있음이다. '있음'은 늘 현재이기에 '현재 있음'을 의미하며, 이는 실재와 완전히 상응하는 있음이 아닌, '가까이 있음'이다. 즉 '현재 있음'이란 '절대적 있음'이 아닌, 끊임없이 지나가는 여정으로서의, '있음'과 '없음' 사이에서 계속하여 '출현'하는 '있음'이다. 그래서 '있음'이란 연장된, 달리 말하자면 '고정된 있음'이 아닌, '후퇴함'으로써 끊임없이 '출현함'의 연속이다. '있음'의 삶은, 즉 현재의 삶은 '비상응'이며 온전히 '상응함'은 죽음일 뿐이다.[18]

그런데 '있음'은 '절대적 있음', 즉 온전히 '활성화된 있음'으로 공간적으로 안착하려는 경향이 있는데,[19] 안착하는 순간 **'있음 (la présence, 현존재)'은 더 이상 보이지 않게 된다.**[20] 이는 '있음'이 지극히 찰나이기 때문에 계속하여 달아나버려 그러한 것도 아니며, 닿을 수 없을 정도로 높이 있어 온전히 실현되기 힘들기 때문에 그런 것도 아니다. '있음'은, F. 줄리앙에 의하면, 더 깊이 보면, '있음'의 존재 그 자체로 '불투명'한 것인데, 이는 존재가 감추어져 있어 그렇기보다는 '있음'이 '완전한 있음'으로 안착하면서 풀어져 보이지 않게 되기 때문에 그러하다.[21] 안착함은 투명하게 존재를 보이게 함을 가로막는다.[22] 결국 '있음'의 불투명함은 '있음'이 '있음'과 '없음' 그 사이의 '거리' 없이 그 '있음'에 완전히 '상응함'에서 기인한다.

F. 줄리앙에 의하면, 이러한 현존재의 불투명함의 **'있음(le présent)'**의 '비상응함(décoincidence)'은 자크 데리다의 '차연 (différance)'[23] 개념과 함께, 존재론의 **태초의 절대적 한계지음**

---

18) Et, comme vivre, c'est essentiellement dé-coïncider d'avec soi (l'adé-quation avec soi est la mort (…) (*Près d'elle*, p. 83)

19) *Près d'elle*. p. 20.

20) *Près d'elle*. p. 22.

21) *Près d'elle*, p. 22.

22) Opaque(opacus) : qui s'oppose au passage. (*Près d'elle*, p. 23)

23) '차연'이란 '차이'와 '연기됨'이 합쳐진 말로, 언어의 의미는 닫혀 있는 것이

에서 벗어난 점에서는 같지만, 후자(différance)는 반려하고 연기하게 하는 '거리 두기(l'espacement, l'intervalle)'의 문제를, 전자는 '떨어져 나옴(le détachement)'과 '간격(l' écart)'의 문제를 드러냄에서 그 지평선이 다르다[24] : 데리다는 **'있음'에 관계하여** 언어의 차원에서 보았을 때 기표와 기의 사이, 그 의미를 완전히 한계짓지 못하는, 그래서 거리를 두어야 하는, 즉 '있음'의 '한계지음'의 문제에 관련하는 반면, F. 줄리앙의 '있음'의 불투명함은, '가까이 있음'의 있음으로, '있음'이 그 '있음'에 실재적으로 완전하게 상응하지 않으면서 '현재 있음'과 '거리'가 존재하는, '있음'이 실재적으로 있지 않은, 그래서 보이지 않는 것, 즉 불투명하게 존재하는 것, 다시 말해 '있음'이 실재 그대로의 있음과 일치함에서 **벗어남(dés-adéquation)'**,[25] 더 정확히 말하자면 '있음'이 실재적으로 그 있음의 상응함에서 **벗어남(dé-coïncidence)'**[26]의 문제에 관련한다. 그래서 그 자체로 부정적인 것으로서의 긴장을 형성하며, 정합적인 것, 즉 대상에 대한 '정신의 상응함'의 틈(결핍)을 통해, **'의식(la conscience)'**을 가동하게 한다.

아니어서 시공간적으로 변화하고 달라짐으로써 의미는 차이가 생기고 지연 또는 연기(延期)된다. 따라서 의미를 현재 시점에서 온전히 규정 또는 한계지을 수 없다.

24) *Dé-coïncidence*, Grasset, Paris, 2017, pp. 62~66.

25) (⋯) autour de quoi tout tourne : la désadequation, avant d'être en moi, est dans l'Être, dans cette incapacité de l'Être à «être», (⋯) (*Près d'elle,* p. 34)

26) Et ce précisément par dé-coïncidence d'avec le vital, écart d'où se déploie de la conscience et (⋯) (*Une seconde vie,* p. 61)

그리하여 이러한 문제의식—'있음'에 관계하여, 즉 현존재로서 내가 있음에도 '지금, 여기'의 현재의 나로 정확히 상응되어 투명하게 보이지 않음, 다시 말해 현재가 실현됐음에도 불투명해져 보이지 않음—을 가지고 F. 줄리앙은 '실존함'에 대한 진정한 의미에 대해, 그리고 '나'라는 '주체' 가까이 있는 또 다른 주체로서, 나를 마주 보고 있는, '타자'의 존재에 주목한다 : **'있음'의 틈(갈라짐)으로부터 간격이, 간격으로부터 비상응함이, 비상응함으로부터 실존으로, 실존에서 타자성까지** 이어진다.[27)]

이렇게 '있음'의 존재에 대해 깊이 고민해 보면, 실재와 관념 사이의 상응하지 않는 '존재'의 모순, 즉 상응함으로써 보이지 않는 '있음'의 '불투명함'을 풀기 위해, '실존'적 차원에서 어떻게 접근해 볼 수 있는지를 생각해 볼 수 있다. 이는 좀 더 구체적으로 말하자면, 절대적 진리의 세계와 같이 또 다른 형이상학적 세계를 구축하지 않고, 그래서 세계를 이원화시키지 않고, 또는 개별적인 것들에서 보편적인 것을 추론하는 플라톤식의 변증법이 아닌,[28)] 실재의 '실존적' 관점에서 존재의 보이지 않음, 다시 말해 불투명함을 풀고, 그 너머로 나아가는 방법을 고민하는 것이다. 그리고 실재에서의 존재의 불투명함, '비상응'함에 대한 고민은

---

27) *De l'écart à l'inouï*, L'Herne, Paris, 2019, p. 113.
28) *Près d'elle*, p. 33.

나와 나 가까이에서, 나를 끊임없이 비추고 들여다보게 하는 '타자'와의 관계를 통해 문제의 실마리를 찾음에 있다 : 의심할 수 없는 나라는 존재가 있지만, 있음의 불투명함에 둘러싸인 '나'라는 존재는, '가까이 있는 타자'와의 내밀한 관계, 나의 가장 깊은 내면에 머무는 타자를 통해, 있음의 불투명함에서 투명하게 드러냄이 가능하다.[29) 그리하여 이러한 성찰은 경계짓고 한계짓는 '절대적 있음', 곧 '존재(l'Etre)'에 대한 사유에서 '나'와 '타자(Autre)' 사이 친밀한 관계의 한계짓지 않는 무한함에 대한 사유로 나아감이다. 이는 곧 한계짓는 절대적 있음의 존재에 대한 사유에서 벗어나 한계지을 수 없는 '친밀함'에 대한 사유로 나아감이며, 저 기저에 있는 불변하는 실체로서의 객관적이고 보편적인 주체가 아닌, 개별적 주체와 이에 마주하여 나와 무한히 관계 맺어 가는, '주관성'이 바탕이 되는 '타자'에 대한 사유이다. 그럼으로써 '있음'의 조건은 타자와의 관계, 곧 '친밀함'이 되면서, 타자와의 친밀함은 현재를 가능하게 한다. 더 정확히 말하자면 현재가 드러나 투명하게 보임을 가능하게 한다. 친밀한 관계란 주체의 가장 깊은 내면 안으로 무한히 파고들어 내면을 함께 '나누는' 관계로서, 이는 마주 보는 두 주체의 한계지어짐 없는 '사이'에서, 즉 둘 '사이'의 비어 있는 '간격'을 통해 끊임없이 관계를 발전시켜 나가는, 개별적 주체들의 역사가 반영되는 관계이다.

29) *Près d'elle*, p. 65.

한편 이러한 성찰은, '있음'의 존재로서 가득 차 있을 때는 잘 보이지 않아 불투명해지지만, 결핍이 함께 할 때, 즉 '있음'과 '거리'가 발생할 때 그 존재가 드러나기 시작하는, '존재'의 '역설적 방식'으로서의 드러남에 대한 성찰이다. 말하자면 '존재(Être)'는 '(현재) 있음(현존재, la présence)'으로써 의미가 있고, '있음'이 존재의 드러남의 방식으로서 온전히 존재가 드러난 상태라면, 존재는 드러남으로써 존재한다. 그런데 이러한 존재의 '있음'이 드러나지 않음, 즉 '없음'을 통하여 실재적으로 그 의미가 드러나고 정확히 비추어져 '실존'할 수 있다면, 실존적 관점에서 존재의 드러남은 '타자'와의 '거리'를 통하여, 거리를 통해 '있음'과 '없음'을 반복하며 끊임없이 다가오면서, 타자를 통해 내가 나로서 자각되면서 투명하게 드러남이 가능한 것이다. 다시 말해 '있음'의 보이지 않음, 즉 불투명함에서 벗어나기 위해, 타자와의 관계에서 바로 '지금, 여기'의, 어떠한 거리도 허용하지 않는 '있음'의 전면적 안착보다는 '출현함(있음)'과 '부재함(없음)'이 가능하여 계속하여 다가올 수 있는 '거리'를 유지함이, '있음'을 드러나 보이게 하며 '실존(l'ex-istence)'함이 매우 중요하다. 결국 이러한 '있음'의 드러남, 말하자면 '있음(현존재)'의 투명함은 타자와의 '아주 내밀한 관계'—친밀함—를 통해 가능하다 : '친밀한 관계'에서는 '있음'과 '없음'이 가능한 '거리'를 유지하며, 있음(현존재)의 함께함을 나누면서도 '있음'의 한계짓는 협소함에 빠지지 않는다. 이렇게 실존적 차원에서 '있음'을 드러나게 하며, 실존하게 하는 사랑이 바로 '두 번째 사랑'이며, 두 번째 사랑은 곧 한없는 '친밀함'을 나누는 사랑이며, 이러한 친밀한 관계를 유지하며 가는 사랑이다. 그렇다면 구체적으로 '친밀함'이란 무엇인가? 어째서 친밀함은 '있음(현존재)'을 드러나게 하는가? 결국 실존적 차원에서 '있음(현존재)'이란 무엇인가?

1) '친밀함(l'in-time)'에 관하여

'친밀함'이란 무엇인가? '무한히 내밀한 관계'로서의 친밀함은 라틴어 'intimus'로, 'intus'의 최상급이다. 자신의 가장 깊은 내면에서 주체들의 관계가 '한계지어짐' 없이 '무한히' 펼쳐지는, '나'와 '너'의 개별적 주체들 '사이'에서 펼쳐지는 아주 내밀한 관계이다. 즉 친밀함은 자신의 가장 깊은 안보다 더 깊은 안, 즉 무한히 깊은 내 안에서 이러한 '나'를 마주 보며 있는, 나를 비추고 있는, '나의 타자(Autre)[30]를 만나는 것이다. 그래서 한계지어짐 없는 친밀함에서 나와 타자는 서로 마주하며 바라보는 관계로서, 대립함으로써 어느 한쪽이 버려지고 초월하는 관념적인 헤겔식의, 보

---

30) 나를 마주하여 바라보는 내 안의 가장 깊이 머무는 타자라는 의미에서 '나의 타자'라고 칭하겠다. F. 줄리앙은 타자의 'autre'의 첫 자를 고유명사처럼 대문자로 표기했다. 이는 '나의'라는 소유격에 의미를 두기보다는 개별적으로 나를 마주하고 있는, 서로 마주 보는 존재로서의 타자로 보면 되겠다.

편적인 방식의 질적인 상승이 아닌, 개별적으로 관계의 간격을 통해 실질적으로 오고 가는 생생하고 미세한 경험들을 통해 점진적으로 아주 서서히 걸러져 분명해지며 어느 쪽도 버려짐 없이, 함께 나누며 나아가는 관계이다. 개별적인 나와 타자 사이 실재적 삶에서 미세하게 겪으며 나누는 암묵적이고도 은밀한 경험들은 무한하기에 친밀함 또한 무한히 나아간다.

F. 줄리앙에 의하면 '친밀함'이란 말은 서양에서 고대 그리스 사유나 그들의 일반적 언어의 쓰임새에서가 아닌, 히브리 종교와 문화의 전통에서, 또는 그리스도교 정신에 주목함으로써 찾아볼 수 있다 : 이는 『고백록』에서 볼 수 있는 하느님과 나의 관계로, 이때 처음 하느님을 2인칭으로 지칭하면서 관계가 절대적으로 상정된 하느님의 존재에서 '너'와 '나'라는 매우 가깝고도 은밀한 개별적 관계로 전환된다.[31] 아우구스티누스는 신은 나의 가장 내밀한 곳보다 더 내밀한 곳에 있음(intimus)을 말함으로써, 그는 신을 내밀함의 최상급보다 더 내밀한, 즉 무한히 내밀한 곳에서 만난다. 이렇게 내 안의 지극히 내밀한 곳에서 끊임없이 '만나고' '머무는' 관계가 친밀한 관계이다. '머묾'은 영혼과 육체의 구분 저 너머에 있어서 있음에 안착함이 아닌, 다가감과 물러섬, 출현과 부재 사이를 끊임없이 오가면서, 있음과 없음이 한 쌍이 되면서 '만남'이 있는 관계에서 가능하다. 끊임없는 '만남'은 끊임없는 '출현'

31) *Près d'elle*, pp. 75~76.

이며, '머묾'은 '있음'이 아니다. 물러섬으로써 되려 다가갈 수 있고, 부재함으로써 출현할 수 있음으로써, 이는 계속하여 만나는 여정의 관계이다. 하느님과 나와의 (아주 내밀한 관계로서의) 친밀함이란, 내 안의 나, 즉 내 안의 가장 깊은, 무한히 깊은 내 안에서 하느님과 아주 내밀한, 친밀한 '만남'을 지속하는 것이고, 하느님을 그 안에서 개별적으로 바라보는 것이다.

　다른 한편, 친밀함을 통해 가장 내밀한 곳보다 더 내밀한, 무한히 깊은 내 안에서 타자를 만나고 내면에 머묾으로써, 나의 내면은 닫히지 않고 타자를 향해 열려, 친밀함 안에서 안과 밖, 나와 타자의 경계 또한 사라진다. 이것이 친밀한 만남으로서, 나라는 존재는 자신이라는 존재의 한계지음에 갇히지 않고 자신의 한계지음 밖으로 자연스레 흘러나오게 된다. 이는 '하느님'과 '나'의 친밀한 관계에서, 하느님을 절대적 진리 또는 법칙으로서 또는 객관적, 절대적 대상으로서 상정함이 아닌, 2인칭 타자인 '너'로 지칭함으로써 1인칭인 '나'와 은밀히 관계 맺는, 개별적 관계 안에서 언제나 부를 수 있고 만날 수 있는, 내 안의 무한히 깊은 곳에 머무는, 있음(또는 존재)의 한계지음에 묶임 없이 언제 어디서나 어떠한 상황에서라도 무한히 다가갈 수 있는 존재로서 바라보는 관계이다.[32]

---

32) *Près d'elle*, pp. 75~76.

이렇듯 '친밀함'은 그리스 사유의 개념에서 비롯되어 발달한 개념적 어휘도, 서양의 철학적 사유에서 고안되어 쓰이는 말은 더더욱 아니지만, 아우구스티누스의 『고백록』에서 하느님과 나의 관계가 은밀하고 개별적인 관계로서 처음 언급되면서 등장한 '친밀'이라는 개념 아닌 개념은, F. 줄리앙의 철학적 성찰과 함께 재조명되면서 '타자'라는 개념을 새롭게 볼 수 있게 한다 : '타자성'은 '개별성'이며, '개별성'은 달리 말하자면 각 주체의 자유의 표현이다.33) '친밀함' 안에서 '타인'이라는 외재성은 사그라들고, 서로의 가장 깊은 내면에 머묾으로써, 타인이 아닌 '나의 타자'를 통해 존재의 경계 밖으로 흘러내려 존재하는 나는, 타자와 독립적으로 그러나 함께 현재(現在)한다.

그럼으로써 '친밀함'은 절대적으로 한계짓고 규정하는, 객관적이고 보편적인, **'있음(Être)'**의 '절대성'을 지향함이 아닌, 각 주체의 개별성을 바탕으로 가장 깊은 내면으로 들어가면서 관계의 '무한'으로 나아감이다. 이에 '친밀함'은 정확히 경계짓고 한계지음으로써 정의적 개념을 도출하는 '있음(존재)'의 '절대성'에 대한 지향보다는 존재의 경계로부터 끊임없이 나옴으로써 대면할 수 있고 만날 수 있는 '타자'와 그 타자와 한계지음 없이 나누는 관계의 '무한함'에 초점을 맞춘다. 그리하여 (나의) '타자'란

33) *Près d'elle*, p. 79.

나 밖에 있음으로써 지향할 수밖에 없는, 욕망하는 목적적 대상이 아닌, '다름'이 아닌, '간격'[34]이 있음으로써, 그래서 '나'와는 전혀 다른 '타자성'을 지니지만, 같은 개별적 주체로서 내 안의 무한히 깊은 곳에 머물면서, 나를 개별적으로 바라보는 그러한 '타자'이다. 그리하여 나의 '타자'는 '나'라는 존재의 한계로부터 끊임없이 나오게 하며, 존재의 한계지음에서 벗어나 '나' 안의 나에게로 무한히 들어감으로써 아주 은밀하게 만날 수 있는, 자신의 가장 깊은 내면에 머무는 존재이다. 따라서 나의 '타자'는 나의 가장 깊은 곳에서, 시간과 공간을 초월하여 지속하고 머물며 이 세상에, 이 공간에, 지금 더 이상 함께 있지 않을지라도 늘 함께인 타자이다. 다시 말해 이 세상, 이 공간에 갇히지 않기에 늘 함께일 수 있는 타자이다 : 나의 타자는 늘 현재(現在)한다. 그리하여 '친밀함'은 서로의 깊은 내면에 함께 머물면서, 나와 타자 간 그치지 않는, 지치지 않는 '만남'의 연속인 여정으로서, 한계 지어 정의되는 개념이 아니다. 그저 타자와의 친밀한 관계를 통해, 보이지 않아 불투명했던 (현)존재가 투명하게 드러나며 '현재'가 펼쳐질 뿐이다.[35]

34) '다름'은 '같음'과 한 쌍으로, '같음'이 그 바탕에 전제됨으로써 타자를 자신의 연장선상에서 보는 것이다. 바로 다음의 장, '바라봄'이 무엇인지 설명함에서 구체적으로 조명됨.

35) *Près d'elle*, p. 65.

익명의 타인에서 마주 보는 친밀한 (나의) 타자가 됨은, 관습적인 역할의 굴레나 관계의 한계지음의 묶임으로부터 벗어나, 존재의 한계지음에서 나와, 서로를 '바라봄'이다. 나를 마주하는 타자와의 관계는 성(여성/남성)이나 역할에 묶이지 않으며, 육체와 영혼의 갈라짐, 즉 죽음에 종속되지 않으며, 성적인 것과 정신적인 것의 벽을 허문다.36) 그래서 나와 타자 사이의 한계지어지지 않는 '친밀함'은 개별적 주체의 '타자성'을 바탕으로, 있음과 없음, 달리 말하자면 다가감과 후퇴함 사이 끊임없이 전환되면서, 관계를 통해 '독립적으로 존재함'과 동시에 '함께 존재함'이 모순적이지 않게 양립하면서, '현재'는 드러나고 펼쳐진다. 결국 무한히 흐르는 불투명한 시간을 드러내어 펼치게 하는 것은, 나와 타자 사이, 한계지음 없이 흐르고 있는 깊은 '친밀함'이며, 이러한 '친밀함'이 내 안의 무한히 깊은 곳에 머무는 '타자'를 통해 현재를 비추고 밀집시키고 드러내게 함으로써, 보이지 않던 불투명했던 현재는 실재적으로, 실존적 차원에서 펼쳐진다.37)

말하자면 시간이 현재의 흐름이라면, 현재에 가까이 있을 수밖에 없는 '(현재) 있음(la présence, l'être-près)'은 고착된, 공간적인 의미를 갖지는 않지만 '타자'와 나 사이 무한히 흐르는 '친밀함'을 통해 지각되면서 또는 겪어지면서 드러나고 펼쳐진다. 친

---

36) *Près d'elle,* pp. 66~67.

37) *Près d'elle,* p. 67.

밀한 관계는 완벽한 이상(理想)의 관계가 아니며 고로 절대적으로 상정된 것이 아닌, 시간과 함께 서서히 형성되면서 나아가는 관계이다. 그럼으로써 친밀한 관계란, 보이는 세계의 가면을 벗고 관습이라는 장애를 걷어내고 이익을 계산하는 도식을 투영함에서 조금씩 나옴으로써 아주 점진적으로 형성되는 관계이다.[38] 그래서 '친밀함'은 '있음'의 불투명함과 한 쌍으로 가면서, 관계를 통해 불투명함이라는 장애가 서서히 걷어지면서 그 보상으로 주어지는 것이다.[39] 이에 언제라도 관계는 불투명함의 늪에 빠질 수 있고, 한계가 없지만 모호하고 무한하다. 친밀함은 '개별적 나'와 '타자' 간, '나'인지 '타자'인지도 모를, 말할 수조차 없이 완벽히 혼합된,[40] 한번 획득되면 어떠한 균열도 없는 완벽히 이상적이고 절대적인 관계가 아닌, '나'와 '타자' 사이 '타자성'과 함께 '나눔'이 바탕이 되면서, 언제라도 불투명해질 수 있는, 그래서 불투명함을 늘 안고 가는, 이에 순간과 분위기에 기민하게 반응하는, 늘 현재인 관계이다.[41]

---

38) *Près d'elle*, p. 68.

39) *Près d'elle*, pp. 69~70.

40) 'confusion'으로 이는 개별적인 각 주체의 타자성에 대한 성찰 없이 섞여 있기만 한 '혼합된 상태'를 말하며, F. 줄리앙에 의하면 몽테뉴는 이를 완벽히 이상적인 상태의 관계로 언급하였다(*Près d'elle*, pp. 69~70).

41) *Près d'elle*, p. 70.

2) '바라봄(le re-gard)'에 관하여

그렇다면 '타자'가 대상적 존재로 한계지어짐은 어떠한 결과를 초래할까? 나의 타자는 불투명해진다. 절대적 있음의 존재로 한계지어짐으로써 고착되고 안착되면 역설적이게도 존재의 있음은 잘 보이지 않는다. 나의 타자가 불투명해져 보이지 않음은, 바라볼 수 있는 '거리'가 사라졌기 때문이다. 여기서 '거리'는 두 주체들의 '사이'를 말한다. '사이'에서, 두 주체의 실질적이고 생생한 관계가 오고 가고 나아가며 나의 타자를 바라볼 수 있는 '거리'가 확보된다 : '거리'는 나의 '타자'와 '나' 간에, 즉 두 극(極) 사이 생생한 관계의 오감을 가능하게 한다는 의미에서 긴장을 형성하는 '간격'이며, 이는 곧 두 주체 '사이'에서 있음의 한계지음에, 있음의 안착함에 묶이지 않음을 의미한다. 결국 실존적 차원에서 있음은 **'절대적 있음(l'Être)'**이 아닌, **'가까이 있음(la présence)'**이며, 여기서 '가까이'는 **'사이(entre)'**를 말한다.[42] 예를 들어, 소리를 듣기 위해 거리가 확보되어야 하는 '들음, 듣다(entendre)'는 '봄, 보다(voir)'보다 친밀함을 나눔에 실재적으로 훨씬 더 적합하다. 왜냐하면 '봄'은 '있음'을 나의 타자에게 전면적이고 직접적으로, 갑작스럽게 강요하는 반면, '듣는 것'은 '거리'를 통해 있음이

---

42) Mais parce que la présence est essentiellement tension, ou que ce «près» est de l'entre ; et que cet entre n'est pas de l'«être» reposant dans sa détermination (*Près d'elle*, p. 98)

라는 실존(실질적 있음)을 묶어두지 않고 지나가게 두기 때문이다. 지나감은 또한 다가옴이며, 관계는 이렇게 새롭게 순간순간, 날마다 일상에서 아무것도 아닌 것들 '사이'에서 오고 가며, 그러기에 고갈되지 않고 끊임없는 '만남'을 '유지'한다.[43] 친밀함은 개별적 주체들 사이 한계지음 없이 무한히 오고 가는, 관계의 끝없는 나눔의 여정이기에, 친밀함은 '있음'을 실질적으로 드러내며 각 개별적 주체는 깊은 내면성 안에서 현(존)재를 맛볼 수 있다.

다시 존재의 불투명함 문제로 돌아가 보면, 타자가 단순히 욕망의 존재로서만, 그렇지 않더라도 '객관적 존재(l'Être)'에 대한 '앎'과 같이 목적적인 대상적 존재로서 투영됨은, 만족함으로써 시간의 지속과 함께 시들해지거나 시간이 지나면서 점차 실망하든지, 또는 지향하던 목적이 사라지면서 느끼는 허무함으로, 나의 타자를 더 이상 바라보지 않게 되는 문제에 직면한다. F. 줄리앙에 의하면 '바라봄'은 매우 중요한 의미를 지닌다[44] : 그것은 한쪽이 다른 한쪽을 지향함이 아닌, 서로 '마주 봄'이며, '마주 봄'은 '거리'의 **간격(l'écart)**을 필요로 한다. '마주 봄'은 얼굴과 얼굴을 직접적이고 전면적으로 **맞댐(le vis-à-vis)**이 아닌, 적당한 거리의 '간격'을 통해 '바라봄'이다. 관계에서 '간격'이 있음은 단순

---

43) 프랑스어, "entre-tenir(유지하다)"의 F. 줄리앙이 부여한, 철학적 성찰의 시선이 가미된 의미의 해석이다.
44) *Près d'elle*, p. 92.

히 '**다름 또는 차이(la différence)'가 있음과는 전혀 다른 것이다**[45] : 같은 것과 다른 것의 '구분함(la distinction)'을 통해 '정의(定意)'를 내리고 '정리(定理)'를 하면서 '앎'을 가능하게 하는 후자('다름')의 '나'와 '타자'는, 각각 자신의 고유함과 속성을 지니면서 서로에게 닫혀 있으며 둘 사이는 마주하여 바라보지 않고 등을 진 채 있다. 즉 각자의 성품이나 고착화된 역할의 한계지음에 머물 뿐이다. 반면 전자('간격')의 '나'와 '타자'는 같음이 전제되지 않는 '전혀 다름'의 각각의 '타자성'과 함께, 서로에게 열려 있으며 둘 사이의 '거리'를 통해 양쪽의 극(極)으로서 긍정적 의미의 '긴장'을, 다시 말해 역동적인 관계를 형성하면서 서로를 마주하여 바라보고 있다.

두 개별적 주체의 친밀한 관계는 '다름'으로써 나의 타자를 나에게 동질화시키는 것이 아니라, '간격'에서 파생된 각자의 타자성을 유지하면서 친밀함을 무한히 나누는, 그야말로 한계 없는 관계 맺음에서 그 의미를 찾는다. '다름'은 주체와 객체(또는 대상)의 관계에서 앎이라는 객관적 대상을 '지향'하고 보편적인 것을 연역해 내면서 대상을 동질화시킴에 그 목적이 있으며, '간격'은 개별적이고 매우 주관적인 것에, 각 주체의 내면에 관계함으로써 '전혀 다름' 사이, 서로 '바라봄'의 시선에서, 즉 관계의 소통그 자체에 그 의미를 둔다.

45) *Près d'elle*, p. 92.

가장 깊은, 무한히 깊은 내면에서 나누는 친밀함은, 저 깊은 주체의 내면에서 이루어지는 것이기에 무의식까지 파고들면서, 어떠한 경계지음이나 구분함에서조차 벗어나 있다. 더 정확히 말하자면 경계지음이나 구분함이 무의미해진다. 결국 개별적 주체의, 실재의 실존적 차원에서 있음이란, '존재'의 **'절대적 있음(l'Être)'**이 아닌, 부재함과 한 쌍이 되어 (이러한 의미에서 '부정적'으로) '사이'의 '거리'와 함께 하면서, 또는 유지하면서, '거리'의 '간격'에서, 나와 타자 '사이'에서 나누는 '친밀함'을 통해 맛볼 수 있는 '있음'이며, 이러한 '있음'은 곧 거리가 상정되는 **'가까이 있음(la présence)'의 '있음(현존재)'이다. 나와 타자 사이 서로 '바라봄'**은, 존재의 절대적 한계지음에서 규정하는 역할 놀이에서 가능한 것이 아닌,[46] 서로 간의 '사이'에서 역동적인 극의 관계를 형성하면서 한계지어진 존재에서 나와 서로를 생생하게 바라보고 비추면서, 그리하여 자신을 강제했던 온갖 보이지 않는 힘들에서 벗어나 실재적으로 있음(현재)에서, 더 나아가 실존함에서 가능한 것이다. 타자와 함께 저 깊은 친밀함을 나누는 깊디깊은 '사이'에서 언뜻 맛볼 수 있는, 살아있음을 이윽고 지각하게 되는 텅 빈 듯한 존재의 생생함은, 단지 지나가는 그저 그러한 감정의 단편이 아닐지도 모른다.

46) *Près d'elle*, p. 96.

'간격'의 '사이'는 중간이라는 공간적 의미가 아닌, 오고 가는 길로서 비어 있다는 기능적인 의미에 관계한다. 그래서 '사이'는 존재의 '절대적 있음'과 같이 한계지어짐 없이 관계를 새롭게 거듭나게 하는 원천이다. 반면 F. 줄리앙에 의하면 그리스인들의 **모든 생각은 '초월(méta, le dépassement)', 즉 영원한 것을 향해** 있었는데, 이는 그들이 본질과 속성이 있는, 절대적으로 한계짓는 '존재'에 대한 사유에 여념이 없었기 때문이다.[47] 물론 '간격'은 욕망을 나오게 하며 욕망에 새로운 영감을 불어넣는 에로스적 면모의 동력이 되기도 한다. 이러한 '간격'은 바람직한 '거리'를 확보하면서 활성화된다. '거리'를 통해 나와 타자는 '다가감'과 '후퇴함'을 반복하고 끊임없는 '출현'이 가능하다. '거리'를 통해 '나'와 '타자'는 실질적으로 서로 마주 볼 수 있다.[48] 타자는 객관적인 존재가 아닌 내가 바라보는 존재이다. '객관적인(ob-jective)' 존재란 '앞에(ob)' **'던져진(jeté)'** 존재로서 바라보는 '시선(regard)'을 벗어나 있다.[49] 내가 바라보는 존재는 나의 개별적인 시선으로 바라보는 나의 타자로서, 내면성이 바탕이 되는 주관적인 것이다. 나와 타자 사이는 객관적인 한계지음의 관계가 아닌, 모호함과 무한함으로 점철된 관계이다.

---

47) *Près d'elle*, p. 91.
48) *Près d'elle*, p. 92.
49) *Près d'elle*, p. 75.

우리 말에 '미운 정'이라는 말이 있다. '정'이라는 말에 '미운'을 붙임은 언어의 의미상 이율배반적이기에 적합하지 않지만, 한국 인으로서 우리는 일상에서 다분히 느끼는 정서이기도 하다. '정' 이란 저 깊은 내면에서 재단할 수 없이 흐르는 마음이라면, 그래 서 저 내면의 같은 인간으로서 바라보면서 느끼는 '친밀함'의 차 원까지 간다면, '미운 정'이란 '미움'과 '고움'을 넘어선, 감정의 한 계지음 저 너머에서 오고 가는 마음일 것이다. '정이 드는 게 가장 무섭다'라든지 '미운 정이 더 무섭다'라는 말은 아마도 이러한 의 미에서 나온 말이기도 할 것이다. 모호하지만 뭐라고 한계지을 수 없는, 저 깊은 내면의 무한한 나눔이 있는 관계로서의 친밀한 관계는, 두 주체 상호 간, 의지의 완벽한 합의 놀라운 결과로서의 윤리적 관점만으로 규정되어 설명될 수 없는 정(情)을 나누는 관 계인 것이다. 사실 F. 줄리앙이 말하는 '친밀함'이란 우리에게는 '정'이라는 매우 친숙한 정서로 이해될 수 있겠다.

한편 '바라봄'은 '만남'을 전제로 한다. '만남'은 '출현'이며, '다 가감'이며 이는 '부재함', '물러남(후퇴함)'과 한 쌍이다 : 가까이 있지만, 존재하지만 존재가 보이지 않게, 즉 불투명하게 되지 않 으려면 끊임없는 출현과 물러남이 있어야 한다. 즉 끊임없는 '만 남'의 사건이 필요하며, 끊임없는 만남은 출현함과 물러남이 가 능한 '거리'를 통해 이루어지는 것이다. 요컨대 '만남'과 '마주 봄' 은 적당한 '거리'를 필요로 하며 이를 통해 다가가고 물러나는, 출현과 부재가 가능한 것이다. 그래서 '마주 봄'은 단순히 '옆에 있음'이 아니다.[50] 결국 서로의 시선을 마주할 수 있는 '거리'는 매우 중요하며, '친밀함'은 이러한 시선의 거리가 확보된 관계를 바탕으로 한다.

그런데 '바라봄'은 각자의 주체적 시선이지만, 서로에 대한 '조심스러움'이 없이는 가능하지 않다. 함께이지만, 또는 함께일수록 서로 점점 바라보지 않는 관계가 되기도 하고, 반면 이따금 보더라도, 또는 길지 않는 시간을 함께하더라도 세심한 시선으로 서로 바라보기도 한다. 어원적 관점에서 보자면, 프랑스어에서 '바라봄(le re-gard, re-garder)'은 **시선(l'égard)**이며, '바라봄'과 '시선'은 동일한 어원—garder—을 공유한다. '바라봄'이란 개별적 주체로서의 시선과 함께 타자에 대한 '조심스러운 마음'[51]을 의미한다. '바라봄'은 두 개별적 주체 사이 나와 타자 사이의 '간격'에서 발생하며, 서로를 '계속하여 바라봄'은 '간격'과 함께 '조심스러운 마음'으로 봄을 말한다. 더 이상 바라보지 않음은 더는 조심스러울 게 없게 된 관계이다. 따라서 이는 '간격'이 사라진 관계이며 타자의 '타자성' 또한 사라져 타자가 보이지 않게 된 관

---

50) *Près d'elle*, p. 64.
51) 여기에서 F. 줄리앙은 '존중(le respect)'보다는 '조심스러움' 또는 '살핌'이 적합하다고 생각한다. 전자에서는 그 의미가 지나치게 딱딱하고 엄격한, 윤리적 의미로만 다가갈 수 있기 때문이다. (*Près d'elle*, p. 113)

계이다. 그래서 타자와의 '간격'은 마음의 거리를 의미하는 것이 아닌, 타자를 배려하고, 타자의 시선에 귀 기울이는 데 필요한 거리를 말한다. 즉 타자를 타자로서 타자일 수 있게 하는 거리를 말한다. 사실 '이심전심'이란 것도, 서로 다른 타자성을 가진 '나'와 '타자' 그 '사이'에서 저절로 통하는 마음이지, '동일함'만이 있는 관계에서 쓰이는 어구는 아니다. 동일한 시선의, 다시 말해 동류의 사람들 간의, 즉 동일한 생각을 가진 마음이라면 이심전심이랄 것도 없을 것이다.

앞서 언급했듯, '바라봄'은 단순히 '봄(voir)'이 아니다. F. 줄리앙에 의하면 '보다'라는 행위는, 있음이 고착되어 연장된 채, 즉 안착된 상태를 하나의 광경으로서 전면적으로 드러냄으로써 공간적으로 연장된 존재를 통해 자신의 있음을 지나치게 직접적이고 갑작스럽게 강요한다. 이는 나와 대상 '사이(entre)'의 '간격'이 고려되지 않은 채, 공간적으로 연장됨을 통해 직접적으로 시야에 들이대는 것이다. 이러한 측면에서 보았을 때, 직접적으로 '보는 것'보다 화자와 청자 '사이(entre)'에 이미 '간격'이 내재하는 다음의 어휘, '주의 깊게 듣다(entendre)'가, 나와 타자 사이 현존재의 친밀함을 나눔에 훨씬 더 적합하다. 그래서 그냥 '보는 것'이 아닌, '바라봄'은 상대가 대상이 아닌, 나와 같은 주체로서 타자성을 띠는 '타자'일 때 가능한 것이다. 그래서 타자는 나에게 양도된 상대가 아닌, 즉 나에게 맞춰지는, 그리하여 더 이상 타자가 아니게 되어버린 타자가 아닌, 철저히 타자로서, 즉 '나'와 같은 개별적 주체이지만 또 다른 주체로서 생생한 주체일 때, 나와 타자 '사이'의 거리가 상정됨으로써 '바라봄'이 가능한 것이다. 요약해 보자면 개별적 주체 '사이' '거리'가 파생되며, '거리'는 공통된 것을 전제하는 다름의 '차이'가 아닌 전혀 다름의 '간격'을 만들어낸다. '바라봄'의 '시선'은 '사이'의 '간격'을 유지하게 하며, 이러한 '간격'을 통해 우리 '사이'는 무한하게 활성화하게 된다.[52] 이는 간격을 통해 바라보는 두 주체 간의 친밀함이 늘 현재인 이유이다.

이렇게 바람직한 간격을 통한 타자와의 끊임없는 만남은, 내 안 깊숙한 내면의 나를 대면하게 하고, 나를 새롭게 발견하게 하고 보게 함으로써, 달리 말하자면 나의 한계지음으로부터 벗어나, 즉 한계지어진 나로부터 끊임없이 나오게 함으로써, 나를 규정지어지고 한계지어진 존재의 협소함으로부터 벗어나게 한다. 그럼으로써 타자와의 친밀한 만남은 관계에서뿐만 아니라, 나의 존재 또한 한계지어짐 밖에 있는 존재로 나를 인도하며 나의 현재 있음, 즉 **'현존재(la présence)'**를 끊임없이 펼쳐지게 한다. 그리하여 개별적 주체들 사이에서 나누는 '친밀함'은 '나'와 '대상'의 관계, 즉 목적 지향적 관계로서 욕망을 통해 대상을 좇는 관계만으로 한계지어지지 않는다 : 대상에 대한 목적의 성취는 실망과

---

52) *Près d'elle,* p. 113.

허탈함과 함께 감으로써 또 다른 새로운 목적(새로운 타자)을 추구하게 하거나, 성취로 인한 즐거움이 지속되지 않기 때문에 나의 타자를 더 이상 바라보지 않게 되어 타자는 사라지게 된다. 현실이 된 지향하던 대상은 기대하던 바에 미치지 못하기도 하거니와 설혹 기대하던 바에 상응하였다 해도 그 즐거움은 지속되지 않는다. 반면 친밀한 관계는 타자가 한계지어진 목적적 대상으로서 지향되기보다 내 안의 가장 깊은 내면에 머묾으로써, 한계지어진 존재에서 벗어나 무한히 들어가면서 진정한 나를 대면하게 되고 타자를 만남으로써 관계는 나와 타자 사이에서 한계지어짐 없이 펼쳐지면서 현재 또한 펼쳐진다.

　'만남'은 현(존)재로의 진입이며, 현존재로의 진입은 존재의 고착됨에서 갈라져 나오게 하는 실재적인 것(또는 실재)이며, 고로 **사건**(l'évènement)이다.[53] 달리 말하자면 '만남'은 공간적으로 안착하려는 존재의 불투명함에서 떨어져 나와 투명한 현재를 펼치게 하는 사건이다. '만남'은 한계지어진 장소가 없으며, 그렇기에 경계 지어진 세상 밖에 있으며 실존으로 이끈다.[54] 그리하여 '만남'을 통해 펼쳐지는 현(존)재는 새로운 것을 창출하며 추측

---

53) (⋯) mais qu'une entrée en présence est effective, qu'elle fait rupture et, par consèquent, événement (*Près d'elle*, p. 89).

54) (⋯) si ce n'est cet entre, mais qui n'est pas de l'«être», (⋯) (*Une seconde vie,* p. 158).

불가능함으로써 그 자체로 사건이 된다. 이는 '만남'을 통해 나누는 친밀함은 나의 의식보다 더 상부에서 근원적으로 작용함으로써 친밀한 현(존)재는 '나'라는 존재의 한계지음을 벗어나 있기 때문이다 : 자신의 한계지음에서 끊임없이 나와, 계속하여 타자와 '만남'으로써 타자를 바라보며 '나'와 '타자'의 아주 내밀한, 친밀한 관계에서 펼쳐지는 현재에서는, 타자는 불투명해지지 않으며, 존재의 고착됨과 불투명해짐 없이 존재는 활성화된다.

그리하여 '나'와 '타자', 즉 주체들 사이 끊임없이 관계를 형성하며 한계지어짐 없는 무한으로 가는 친밀함은, '고갈됨' 없는 두 개별적 주체의 관계의 원천이다. 이는 친밀함이 한계지어진, 절대적인, 존재의 보편적 세계가 아닌, 개별적 주체의 주관적이고, 실재적인, 모호하고 무한한 세계에서 펼쳐지기 때문이다. '타자'를 통해 '나'는 자신의 한계지음 밖으로 나와서 진정한 나와 대면함으로써 '밖에 있는 존재'로서, 어원적 의미 그대로, 그야말로 '실존(l'ex-istence)'을 가능하게 한다. F. 줄리앙은 이렇게 타자와의 '친밀함'을 통해 현재의 불투명함을 극복한 현(존)재를 '친밀한 현(존)재'라고 부르는데, 이는 한편으로, 언급했듯 마주 바라보고 있는, 가까이 있는 타자를 통해 지나갈 뿐인 시간의 흐름 속 현재의 있음이 비추어지고 집약되어 드러나 펼쳐짐에서 그러하고, 다른 한편으로는 타자를 통해 존재의 한계지음에서 벗어나 자신의 내면 가장 깊숙이 들어가면서 결국 자신을 마주하고 실존하게 되면서, 그리하여 현(존)재의 불투명함을 극복해 냄으로써 그렇다. 이에 친밀한 현재를 그 불투명함에 대한 인류의 봉기라고까지 말하기에 이른다.[55] '나'라는 주체는 '타자'와의 친밀한 관계를 통하여, 다시 말해 타자를 통하여 '나옴'으로써, 한계지어져 고착될 수 있는 나의 현(존)재의 불투명함을 극복한다. 불투명함에서 극복된 존재는 현(존)재를 드러내며 펼친다. 그렇다면 좀 더 성찰적인 관점에서 F. 줄리앙이 말하는 실존적 관점에서의 '친밀한 현재'에 대해 구체적으로 조명해 보자.

3) 실존적 관점에서의 친밀함이란?

친밀함에 앞서, 두 주체 간에 '가까이 있다'라고 함은 무엇을 의미하는가? 쟁점은 실현되면서 보이지 않게 되는, 존재론적으로 **현존재(la présence)**, 다시 말해 **'있음'**의 불투명함을 풀기 위하여, 실존적 차원에서 가까이 있는 실재의 개별적 주체들 '사이'에 대해 성찰함에 있다. 그리고 '현(존)재'는 가까이 있는 '타자'를 통하여 그 불투명함에서 벗어나 드러내 보일 수 있음을 봄에 있다. 그리하여 현존재는 존재적으로 실현되고 안착된 순간 보이지 않게 되거나, 시간적으로 현재의 순간이라고 할 수조차 없는 찰나의 순간성으로 말미암아 드러나지 않는다고 하더라도, 이러한

---

55) *Près d'elle*, p. 65.

'있음'의 '불투명함'에서 나오기 위하여, 주체와 그 주체를 마주 보며 짝을 이루는 '타자'와의 관계를 통하여, 실현되었지만 보이지 않는 존재의 모순을 풀 실마리를 찾음에 있다. 그런데 이는 타자가 단순히 '가까이 있는 존재'로서의 '현존재'가 아닌, 내 안의 가장 깊은 나에게 깊이 머무는 '친밀한 현존재'로서 관계할 때이다. 그렇다면 친밀한 현존재란 타자와 어떠한 '사이'를 말하는가?

  우선 절대적 있음의 '존재(l'Être)'가 아닌, 현재 있음의 '있음 (la pré-(s)-ence)'의 장소화 되지 않은, 거리가 함께하는 어원적 의미 그대로, '가까이 있음'의 '가까이'는 좀 더 정확히 말하면 무엇인가? F. 줄리앙은 몽테뉴가 말한 바 있는 '우정'과 관련하여 '가까이 있음'의 개념에 대하여 의문시하면서 그의 사유가 여전히 존재론적 한계에 머물러 있음을 지적한다.56) **왜냐하면** 사실 '가까이 있음'의 의미는 한편으로는 정확히 한계지어지지 않으면서 다른 한편으로 매우 역설적인 양상을 띠는데, 이는 '가까이'란 의미의 가변적이고도 상대적인 의미와 '있음'의 '존재'의 고착성으로 인한 불투명해짐(보이지 않음) 때문이다. 설명하자면, '가까이'는 그 의미가 상대적인 것으로서 계속하여 변할 수 있고, 꼭 장소에 묶이거나 가시적인 것에 국한되지 않기 때문에 개념적으로 정의하기 힘들며, '가까이 있음'의 역설과 관련해서는 존재의 불

---

56) *Près d'elle*, pp. 64~65.

투명성과 동일한 맥락에서 '가까이 있음'은 가까이 있지 않을 때보다 존재가 더 잘 드러나는 것은 아니다.

  그도 그럴 것이, 함께 있지 못하지만, 이 세상 사람이 아니지만, 또는 떨어져 서로 보지 못하지만, 가슴에 묻음으로써 늘 생각하고 의지하는 반면, 바로 옆에 꼭 붙어 있어 가시적으로는 항상 함께이지만, 실재적으로, 즉 실존적 차원에서의 존재의 만남은 점차 사라지면서 타자의 존재가 드러나지 않게 되기 때문이다. 그래서 오히려 나와 타자의 '거리'가 '유지'될 때 있음의 불투명함이 걷히면서 더 잘 보이게 된다. '거리'를 '유지함'이란 무엇인가? '가까이 있음'이 아닌, 즉 '옆에 있음'이 아닌, '거리'를 통해 출현과 출현하지 않음, 다시 말해 다가섬과 물러섬을 교대로 반복할 수 있는 관계이다. 그래서 끊임없이 만나는 관계이다. 이는 서로의 관계가 '나눔' 없이 단순한 '합체(l'union)'로 가거나, 몽테뉴가 찬양하고 피력한, 나와 타자가 서로 누군지 모를 정도로 완벽히 섞이는 것, 즉 어떠한 개별적 역사성 없이 절대적 진리와 같은, 절대적으로 이상화된 실체로서의 둘의 '혼합(la confusion)'으로 나아가는 것이 아닌, 각자의 '타자성'을 유지하면서 존재의 내면을 함께 나누는 관계이다. '나눔'을 바탕으로 타자의 '타자성을 유지함'은, 관계가 이루어져 목적하던 바를 성취함과 동시에 점진적으로 조금씩 침체의 나락으로 가게 되어 현존재가 불투명해지게 되는 예견된 길로 들어서지 않게, 관계를 창조적 방향으로 계속 나갈 수 있게 하는 살아있는 관계를 유지할 수 있는 원천이다. 그럼으로써 몽테뉴가 주목한 '현재'의 '가까이 있음'의 역설에 대해 F. 줄리앙은 단순한 심리적 차원이나 존재론적으로 규정하는 윤리적 차원으로 한계짓지 않고 그 너머로의 성찰로 나아간다. 이는 더 이상 존재가 아닌, 실존의 차원으로 나아가는 것이다. 한계짓고 규정하는 존재론적 관점이 아닌, 생생한 삶의 실존적 차원에서 친밀한 관계를 통해 현재를 펼치는 타자와 나 '사이'에서 계속하여 나아가는 관계의 관점이다. 그렇다면 '합체됨'이나 '혼합되는 것'이 아닌, 나와 타자의 친밀한 사이는 어떠한 '사이'를 말하는가?

3. '가까이 있음'의 현(존)재에서 '친밀한 현(존)재'로

'가까이 있음'은 '있음'으로 고착되는 방향으로 나아가기 때문에, 현존재는 드러나지 않으며 만남은 이루어지지 않는다. 고착되어버린 관계로서의 타자와 나의 관계는, 앞서 언급했듯 완벽한 '혼합'의 '완벽히 일치된 합(la communion complète)'의 절대화된 있음의 개념으로 이상화됨으로써, 완전무결한, 추상화된 관계로 박제되어 보편적 주체에 관련되면서, 어떠한 기복이나 틈, 톤도 없이 시간의 축적이나 주체의 역사성에 무관한 채 유형화되고 개념화되어 한계지어진다. 친밀함의 바탕은 박제된 보편적 주체가 아닌, 일명 프라이버시라고 하는 '나'라는 벽에서 나와 살아 숨 쉬는 '개별적' 주체들 사이 서로를 대면하며, 나와 타인이라는 경계지음을 풀고 순간을 함께 느끼고 만끽하는, 존재 저 깊이에서,

또는 존재 저 너머 존재를 함께 '나눔'에 있다. 그래서 F. 줄리앙의 타자는 나와 경계 지어진 타인이 아닌, 나와 마주하고 나를 바라보는 대자적 타자이다.[57] 그러나 친밀한 관계에서는 어느 한쪽이 대립함으로써 버려지지 않고 함께 나아가며 관계는 한계지어지지 않는다. 남녀 사이, 같은 성끼리도, 산 자와 죽은 자 사이, 나이 저 너머에서, 사랑과 우정의 구분함에서, 역할적 프레임에서 나와 있다 : 무엇보다도 친밀한 타자는 내 안 깊이 무한히 나누었던 친밀함을 통해 늘 현재함으로써 온갖 경계는 물론, 삶과 죽음의 경계에서마저 저 너머에 머문다. 다시 말해 타자가 나의 가장 깊디깊은 곳에 머물러 있는 한에서 장소나 거리에 관계하지 않으며, 육체에, 눈에 보이는 것에 한계지어지거나 정신적인 것과 육체적인 것의 구분함에 매이지 않는다. 그러하기에 '가까이 있음'의 '가까이'의 역설에서 자유롭다.

이러한 연유로 '있음(la présence)'의 '현(존)재'가 '가까이 있음(l'être-près)'보다는, 더 구체적으로 현(존)재의 그 불투명함에서 드러날 수 있는 '친밀함(l'in-time)의 현재'인 이유이다.[58] '친밀함'은 정신적 관계냐 육체적 관계냐의 관계의 구분에서도, 단지 이성에만 국한되느냐 아니냐의 한계에서도, 우정이냐 사랑

---

57) *Près d'elle*, p. 66.
58) *Près d'elle*, p. 65.

이냐의 오래된 상투적 구분에서도 자유로울 뿐만 아니라, 소유나 즐거움의 변증법, 즉 만족에 도달하면 시들해지는 모순에 빠지지도 않는다.59) 친밀함 안에서 나와 마주 보는 상대는 단순히 타인이 아닌 나의 타자로서, 어떠한 관계나 역할로서 사전에 운명지어진, 한계지어져 누구라도 순치되고 마는 대상이 아니라, 나와 타자는 개별적 두 주체로서, 세상에 처음 함께 발을 디딘 최초의 아담과 이브와 같이 서로에게 유일한 존재로서 상호 의지하며, 삶을 더불어 새롭게 발견하며 둘의 이야기를 만들어 나가는, 생생한 순간들을 함께하는 관계이다.60) 그리하여 F. 줄리앙에 따르면, 몽테뉴식의 공간적 거리를 통해서만 언급되는 친밀함의 '가까이 있음'에 대한 성찰이 갖는 한계는 철학의 고전적인, 즉 존재론적 한계지음에서 벗어나지 못함에 있다 : 친밀함은 타자의 가장 깊은 곳에 머물며 무의식적으로도 함께 나눌 만큼의, 즉 무엇으로부터 파생하는 것이 아닌, 내 안의 가장 깊은 곳에 있는 본래적인 것으로서의—둘의 관계가 각자의 '의지'의 합을 통해, 말하자면 그 기원이 무엇인지도 모를 매우 의심스러운 '의지'로 파생된, '의지'로 온전한 합을 이루는 관계가 아닌—친밀한 관계는 둘

---

59) *Près d'elle*, p. 67

60) *Près d'elle*, p. 88 ; F. 줄리앙은 나와 타자에 대해 "co-auteurs"라는 말을 쓰는데, 내면 깊숙이 머무는 나의 타자와 함께하는 서로 바라보는 관계로서, 존재의 한계지음에 매몰됨 없이 타자와의 끊임없이 역동적인 관계 맺음을 통해 현재를 펼쳐나가는, 현재를 '함께 창출하는' '창출자'로서의 의미이다.

의 근본적인 바탕을 이룬다.[61] 그리하여 관계는 정확함보다는 '모호함'으로 싸여 있으며, 절대적인 것을 지향하기보다는 '무한'을 향해 나아간다.

종합하면, 친밀함은 '**합체함**(l'union, l'unification)'이나 '**혼합됨**(la confusion, le mélange)'이 아니다. 왜냐하면 이 둘의 의미 모두, 앞서 언급한 친밀함의 관점에 상응하는 관계의 역동적이고도 창조적인 기능을 수행하지 못하기에 이들의 의미는 친밀함으로 이해될 수 없다 : '합치함'은 나와 타자가 함께이지만, 나란히 그러나 각각 섬처럼 있는 상태로서, 타자가 나의 가장 깊은 내면에 함께 머무는 것이 아닌, 마치 고립된 섬들이 함께 있긴 하나 각자 존재하는, 각각 있으나 연합된 관계일 뿐 서로 간 존재의 밖에 있음으로써 '현존재'로서의 '친밀함'의 역동적인 내적 역할을 수행할 수 없다. 다음으로 '혼합됨'은 그 치명적 결함으로 인해, 즉 혼합의 상태에서는 '타자'가 '타자'일 수 있는 바람직한 '거리'가 사라지게 됨으로써 타자의 타자성을 잃게 되고, 타자가 더 이상 타자이지 않게 되면서 타자로서의 역할을 수행하지 못하게 되어, 타자의 존재는 보이지 않고 사라지게 됨으로써 친밀함이 기능할 거리마저 사라지게 됨에서 그렇다.

친밀함이란, 나와 타자의 간격이 사라지면서, 즉 나와 타자 간

---

61) *Près d'elle*, p. 70.

에 구분이 없어지면서 몽테뉴의 절규와도 같이 나인지 타자인지 모르는 물음에서 기인하는 것이 아닌, 나와 타자, 각자의 타자성을 유지하되, 서로를 끊임없이 만나고 바라보면서, 함께 나누지만, 이를 원동력으로 또 각각 자신의 고유함과 개별성을 발전해 나감에 그 바탕이 있다.[62] 바로 이것이 F. 줄리앙이 말하는 '타자'의 의의이자 중요성이며, 타자를 통한 '친밀함'이라는 관계의 무한한 자원이다.

그렇다면 타자와 바람직한 '거리'와 '간격'을 둔다는 것은, 좀 더 구체적으로 말해 어떻게 가능한가? 이는 매우 전략적인 것으로, 간격을 둠은 '부재' 또는 '결핍'을 함께 경험함으로서 가능한데 이는 단지 심리적인 차원에만 관계하지는 않는다. **'현존재 또는 있음(la présence)'의 '가까이 있음'은 '절대적 있음'이 아니다.** '가까이 있음'은 '가까이'를 통해 '거리'가 상정됨으로써, 절대적 있음의 '존재'의 속성이 있고 본질이 있는 한계지어진 고정된 것으로서가 아닌, '거리'를 통해 만들어진 공간이 아닌 **'사이(entre)'에 그 의미를 둔다.**[63] '사이'에서 무한히 오고 가는 타자와의 생생한 관계에 중요함이 있다. 타자를 통한 거리의 상정은 그 '사이'를 열며 관계의 '역동성'을 만든다. 물론 여기서 타자는

62) *Près d'elle*, p. 80.
63) *Près d'elle*, p. 98.

객관적 타자가 아닌, 나와의 내밀한 관계에 있는, 친밀한 관계의 '나의 타자'이다. 나의 타자와 나 사이에 상정된 '간격'은 이러한 친밀함을 계속하여 유지하게 할 수 있는, 그래서 '있음(la présence)'을 계속하여 가능하게 하는 '기능'을 수행하는 '간격'이다. 거리를 둠은 타자를 타자로서 바라보며 친밀함을 지속하게 하는 장치이다.64) 결국 현재를 현재로서 지속하고 타자와의 간격을 '유지하게' 하는 간격에서 발생하는 '사이'는 중요한 역할을 한다 : 그 예로 바로, 프랑스어에서 '유지하다'의 의미는 상태의 '지속'에 대한 의미와 함께 '담화하다'라는 '소통'의 의미로서, 동사, 'entre-tenir'나 그 명사, 'entre-tien'의 어휘에 잘 반영되어 있다.65) 이 동사는 'entre(사이)'와 'tenir(유지하다)'가 합성된 것이다. '사이'는 공간적 개념이 아님으로써 속성을 부여할 수 있는 존재론적인 한계지음에서 탈피해 있다. 그래서 중간의 것, 즉 매개자로서의 존재가 아니다 : 고대 그리스 사유에서 신과 인간 사이의 중간에 있는 정령이라든지, 검정과 흰색 사이의 중간으로서 회색을 말함은 모두 존재론적으로 한계짓는 시선에서의 중간 매개자로서의 개념이다.66) 여기에서 말하는 '사이'는 텅 비어 관계의 오고 감, 즉 '교통'을 가능하게 하는 '통로'로서, 존재론적인 공간 개념이 아닌, 기능적 역할을 하는 '간격'이다.

64) *Près d'elle*, p. 98.
65) *Près d'elle*, p. 93.
66) *Près d'elle*, p.91.

'함께함', '있음'으로 정정

↑

'함지함', 9줄

정오표(正誤表) : p55, 9줄

우리나라 말은 이러한 '사이'의 의미들을 가장 잘 반영하고 있는 언어이지 싶다. '사이'란 말은 거의 모든 인간관계의 바탕이 되는 말이다 : 부부 사이, 친구 사이, 부모와 자식 사이, 스승과 제자 사이, 너와 나 사이, 그와 나 사이, 우리 사이 등등이다. 예를 들어 친한 사이에서 오고 가는 말 중, 지극히 고마운 마음을 표현할 때 "우리 사이에"란 답이 돌아올 때가 있다. 흔히들 요즘은 주고받는 관계만 부각하여 말하지만, 받았으니 꼭 보상하거나 갚는 상식의 한계지음의 관계를 넘어선 아주 소중한 관계도 있다. 가장 소중한 것은 재화로 가치 매길 수 없어 보이는 세계에서 벗어나 있듯, 고마운 마음과 물질적 보답으로도 한계짓지 못하는 관계란 단순한 친소 관계를 넘어서 한계 저 너머에 있는 관계일 것이다. 관계는 그 '사이'에서 계속하여 더 큰 의미에서 창조적 형태로 오고 가기에, 신세 지고 갚는, 또는 받았으니 주는 단순한 일회적 보상의 규정지음에서 벗어나 있다. 한국말의 이러한 그 일상적 쓰임새를 통해 우리는, '사이'가 왜 고착화하여 규정할 수 없는 인간관계에서 주로 쓰이는지를, 그리고 '사이'의 한계짓지 않는 창조적인 기능의 역할에 대해 다시 한번 성찰해 볼 수 있다.

그런데 이러한 친밀함의 '간격'은 어떻게 두는가? 결론적으로 말하자면 주체들 간의 '간격'에서 오가는 '친밀함'이란, 순간적으로 갑자기 일어나는 심리적 동요도, 그렇다고 유추, 또는 추론을 통해 연역되거나 구축된 것이 아닌, 즉 절대적 진리를 향해 가는 피라미드식의 목적 지향적으로 구축하는 것이 아닌, 끊임없이 새롭게 관계 맺어 나가는 '진행적'인 관계에서 바람직한 방향으로 자연스레 생기는 것이다. 그럼으로써 '간격'은 서로의 거리를 통해 계속하여 새로운 관계를 맺어 나가는, 나와 타자의 '진행'적 관계에서 오고 가는 '간격'인 것이다. F. 줄리앙에 의하면, 이것은 '평온한 밝음'[67] 속에서 오고 가는 친밀함이다.[68] 그리하여 이러한 친밀함이 오고 가는 '간격'의 '사이'에서, 내가 타자로 되거나, 타자를 나에게 맞추거나 함이 아닌, 나와 타자가 서로에 의해 한계지어진 자신의 경계 밖으로 자연스레 '나와'— 또는 F. 줄리앙의 표현에 의하면 **'흘러내리면서(débordé)'**—서로의 가장 깊은 곳에서 '만나는 것'이다. '거리'에서 생기는 '간격'의 '사이'는 존재의 한계지음으로부터 벗어나 너와 내가 함께 되는, 실존적 차원에서의 공동의 장소 아닌 장소이다.[69]

그렇다면 결국 이러한 '사이'의 '간격'을 통해 어떠한 모습으로 존재를 드러내야 하는가, 또는 어떻게 존재해야 하는가? '간격'을 둠에는, 존재의 불투명함으로 인해, 다시 말해 존재가 실현되어

---

67) '평온한 밝음'에서 '평온함'이란 경험을 함께하면서, 자연스레 시간을 함께함에서 공유되는 것이라면, '밝음'이 무엇인지에 대해서는 구체적으로 다음 장인 '두 번째 삶'에서 언급된다.

68) *Près d'elle*, p. 99.

69) *Près d'elle*, p. 100.

안착하는 순간 존재는 숨어버려 보이지 않게 되기 때문에, 존재에 안착하지 않고 '거리'를 둠으로써 존재의 불투명함의 매듭을 풀어보는 것에 그 중요한 의미가 있다. 즉 간격은 타자와의 관계에서 끊임없는 물러남과 드러남을 가능하게 하기에, 존재에 고정되어 안착하지 않도록 함으로써 그 불투명함의 봉인에서 해제되게 한다. 그래서 이렇게 투명하게 드러나 보이지 않는 '현존재'의 '**있음**(la présence)'은, 바로 '지금, 여기'가 아닌, '간격'과 함께 '**완곡하게**', '**비스듬하게**' 있을 때, 시간과 함께 조금씩 걸러져 어렴풋하게 존재할 때 비로소 잘 드러난다 : '**현재**(le présent)' 또는 '**(현재) 있음**(la présence)'은 고정된 지점이 아닌, 간격, 그 사이를 통해 물러남과 드러남이 끊임없이 이어지는 '가까이 있음'이다. 그리고 더 나아가 나의 현재는 타자와의 한계 없는 '무한한 친밀함'을 통해, '간격'을 둔 타자와의 끊임없는 '만남'을 통해, 타자와의 연합이나 혼합이 아닌, 저 깊은 '나눔'을 통해 펼쳐진다. 여기서 '**간격**(l'écart)'이란 단순한 '다름'이나 '**차이**(la différence)'**와는 다른** 말로, 개별적 주체들의 **전혀 다름**을 인정함을 통해, 서로 등지게 함이 아닌 마주 '바라보게 함'이다.

그럼으로써 고대해 마지않던 상대가 내 삶 안으로 온전히 들어와 관계가 실현되지만, 반대로 상대, 즉 나의 타자의 현존재가 잘 보이지 않게 되어 사라지게 됨으로부터—또는 F. 줄리앙의 지적대로 알베르 카뮈의 『이방인』에서 주인공의 아무 개연성 없는 범죄들을 단지 일회적인 사건이나 주체의 의지 문제로, 즉 예외적 상황이나 온전히 개인의 도덕적 품행의 문제로 치부하기보다— '존재'의, 좀 더 본질적인 차원에서의 균열의 문제로까지 올라가 성찰해 볼 수 있다. 존재의 균열이란, 사랑이 실현되면서 현재로 안착될 즈음에서부터 서로를 외면하게 되면서 결국 마주하는 것 조차 힘들게 되어버린, '있음'이 실재가 되었음에도 그 있음이 있지 않는, 즉 있음이 그 '있음의 상응함으로부터 벗어나' '있음'이 불투명해지는 존재의 모순 내지는 현(존)재의 불투명함에 관계한다. 다시 말해 현(존)재는 역설적이게도 현재에 안착하게 되면 자신을 내보이지 않는다. F. 줄리앙은 이것을 '**현(존)재의 파렴치함**(une impudeur de la présence)'이라고 부른다.[70]

한편 '**비스듬히**', '**완곡한 방식**'으로 **있음**은 구체적으로 무엇을 의미하는가? 그 직접적인 예로서 F. 줄리앙은 마르셀 프루스트의 『읽어버린 시간을 찾아서』에 등장하는 장면을 소환한다[71] : 소설 속 화자의 타자로서 '알베르틴'이 눈을 감고 자는 모습이다. 화자는 그 어느 때보다 잠이 든 모습의 알베르틴을 찬찬히 바라보면서, 그녀의 존재를 섬세히 느끼며 음미한다 : 아직 완전히 그 존재를 실현하고 있지 않으면서, 드러남과 물러남 그 사이에서 현재

70) *Près d'elle*, p. 42.
71) *Près d'elle*, p. 43.

하지만, 존재를 온전히 드러내지 않고 있는 알베르틴을 바라보며, 불투명한 현재의 늪에 빠지지 않고 현재의 순간들을 맞이한다. 그리하여 불투명함으로 덮인 현(존)재는 사라지고 이윽고 투명해진 현(존)재의 알베르틴을 지그시 바라보고 있는 화자인 자신을 본다. 같은 맥락에서 기 드 모파상의 『여자의 일생』에서는, 애타게 욕망하던 남녀가 결혼이라는 문턱을 넘어, '현(존)재'가 실현된 결혼 생활을 통해, 서로의 존재를 대하는 태도가 어떻게 변하는지를 적나라하게 묘사함으로써 온전히 상응하지 않는, 실현되었지만 불투명해진 존재의 모순을 드러낸다 : 남녀의 관계는 실현됐음에도, 다시 말해 욕망하던, 또는 사랑하는 나의 타자와의 사랑이 실현되고 타자의 존재가 현존재가 되었음에도, 그야말로 둘만의 공간에서 아무 문제 없이 지냄에도, 그 이전에 꿈꿨던 것만큼, 생각했던 것만큼, 갈망했던 것만큼 잘 지내지 못한다. 욕망이 충족되면서, 현재에 안착하면서, 사랑이 실현된 현(존)재는 오히려 불투명해져 그 바라던 사랑에 상응하지 않게 된다.

F. 줄리앙은 현존재의 불투명함을 해결하는 실마리를, 프루스트의 소설 속 화자가 잠자고 있는 알베르틴을 묘사하는 장면에서, 잠자고 있는, 그리하여 '비스듬히', '완곡한 방식'으로 그 존재를 드러내고 있음에도 훨씬 더 선명하게 다가오는 알베르틴의 존재를 통해 본다. 존재에 대한 모순과 현재의 불투명함은 프루스트가 묘사하는, 알베르틴의 드러낸 듯 드러내지 않은, 다시 말해

'비스듬히', '완곡히' 드러내는 존재의 모습을 통해 풀어진다 ; '있음'과 '없음' '사이'에 있는 잠이 든 알베르틴은 그 어느 때보다 선명하게 드러나 '현재'한다.

이렇게 현존재가 불투명해짐은 현재가 실현되어 안착하면서부터, 더 구체적으로 말하자면 '연장'되어 '있음'의 존재로서 자리 잡으면서, 즉 펼쳐져 안착하기 시작하면서 현존재는 숨어버리고, 취소되어 그 힘을 잃는다. 우리가 현재를 못 느끼는 것이 아니라, 현재는 현재가 된 순간 드러나지 않게 되면서 사라지게 되는 것이다. 사실, 관념적으로 구분한 개념적 시간이 아니라면, F. 줄리앙의 지적대로 우리의 삶은 현재밖에 없으며,[72] 시간이란 연장될 수 없는 현재의 무한한 연속일 뿐이다. 시간이 단순히 관념적 겉피가 아니라면, 삶이라는 실존적 차원에서의 '있음'은, 곧 현재 있음(현존재)의 '있음(la présence)'일 뿐이다. 그렇다면 현존재의 불투명함을 극복할 수 있는 존재의 전략은 관념적으로 온전히 상응시키지 않는 '거리'의 '간격'이며, 상응되지 않는 '간격' 그 '사이'에서 오고 가는 관계의 역동성이며, 그리하여 옆에 있음이 아닌, '친밀한' 간격이 있는 나와 타자 간의 서로 마주하여 '바라봄'이며, 완곡한 방식으로서의 '비스듬히' 있음이다.

72) *Près d'elle*, p. 19.

F. 줄리앙의 관점에서 '있음'을 실존적 차원에서 다시 한번 정리해보자 : 고대 그리스 사유에서 '있음(존재)'은 '현재 있음(현존재)'으로서 의미를 부여했지만, '있음'의 절대성 안에서 사유했다 ; '있지 않음(없음)'은 '있음' 밖에, 즉 외재적으로 있기에 사유 밖에 두었고, 의미가 없었다(파르메니데스). 그런데 '있음'의 존재는 한계지어질 수 있을 때 그 의미가 있다. '있음'의 존재가 동어반복의 토톨로지(tautology)에 빠지지 않으려면, '있음'은 그 반대 의미, 즉 '있지 않음'에 의해 한계지어질 때 그 의미를 지닌다. 그렇지 않다면 '있음'은 '없음'과 다르지 않을 것이다. 즉 '있음'은 그 반대 의미를 통해 의미의 경계선이 드러나면서 의미는 걸러져 확실하게 되며, 이는 실존적 차원이 아니더라도, F. 줄리앙이 지적한 바와 같이, 헤겔 변증법의 출발점이기도 하다.[73]

실재적으로 '있음'은 현재, 즉 '현재 있음'밖에 없으며. '지금, 바로 여기'에 있음을 의미하지만, '있음'의 존재가 드러나는 방식으로서의 '가까이 있음'의 '현존재'[74]는 불투명한 모순을 내재하고 있음으로써, '있음'의 존재는 '거리'를 둠으로써 드러난다. 이는 F. 줄리앙에 의하면, '있음'으로 연장되어 고착되면서 '있음'만 '있음'으로써, '있음'이 드러나지 않게 되기에 그러한 것이다.[75] 다시 말해, 이것은 '절대적 있음'의 **'존재(Être)'의 비상응함**이며, 나아가

---

73) *Près d'elle*, p. 21, p. 33.
74) *Près d'elle*, p. 32.
75) *Près d'elle*, pp. 39~40.

'있음'에서 벗어난 '있음'인 것이다. '있음'은 '거리'를 둠으로써 완전히 활성화되고 상응된 '존재'의 불투명함을 극복하고, 그러기에 **'물러섬'으로써 '다가감'이 가능하면서 '완곡히(obliquement)',** **'비스듬하게(de biais)' 존재할 때** 드러나면서 현재한다.76) 그리하여 존재는 끊임없이 출현 가능한, 현전(現前)과 부재(不在)가 교대로 오가는, 다시 말해 '거리'가 내재된, 그야말로 '가까이' 있는 존재로서 타자와 역동적인 관계일 때, 비로소 현재할 수 있다. 이에 현(존)재는 '거리'의 '간격'이 함께 하는 '가까이 있음'이지만, 타자와의 '간격'은 역동적 관계를 유지하는 '친밀함'의 거리로서 현(존)재는 이를 통해 투명하게 드러난다. 말하자면 '현(존)재'는 얼굴과 얼굴을 맞댄 채 서로 완전히 상응함을 주시하는 전면적 있음이 아닌, '간격'과 함께 은밀하게, 즉 '비스듬히' 서로 드러내는, 존재에 은닉함이 아닌, '간격'을 통해 '물러섬'으로써 이윽고 다가서는 '가까이 있음'이다.

달리 말하자면, 존재론적인 차원에서 이원화된 '있음'과 '있지 않음'은, '삶'이라는 실재적이고도 실존적인 차원에서 '현재함'과 부재함', 또는 '다가감'과 '물러남'으로 전환되어, 이 둘은 한 쌍으로서 작용함으로써, 있음과 없음의 두 세계로 이원화되지 않고, 그 반대급부와 함께 존재를 드러내면서 그 의미를 갖게 된다. 그

76) *Près d'elle*, p. 41.

리하여 나의 존재는 나를 바라보는 타자에 의해, 타자를 통해, 타자의 현재함과 부재함, 다가감과 물러남을 통해 비추어지고 현재한다. 타자의 존재함 없이 나는 존재의 한계지어짐에서 나올 수 없으며, 나오지 않고서 나는 실존하지 않는다.

요약하면, '바로 지금, 여기'의 현재 있음의 의미가 지나치게 강압적인 까닭은, 꽉 찬 실재는 실존적 차원에서 현재가 실행되지 못하게 하는 존재의 모순을 지니기 때문이다.[77] 앞서 언급했듯 소설 속 알베르틴이라는 존재가 잠이 들면서 이윽고 자신의 타자에게 드러나 보이게 되는 장면 묘사와 같이, 존재는 걸러져 있을 때, 말하자면 '비스듬히' '완곡한 방식'으로 있을 때 실재적으로 투명하게 드러나면서 현재하게 된다.[78] 다시 말하자면 '거리'가 존재할 때 현재는 실현된다. '거리'를 유지함은, '출현'과 '부재', 또는 '다가감'과 '물러남'이 반복되는 것이며, 그럼으로써 현재는 고착되어 불투명해지지 않고 투명하게 드러난다. 결국 함께이기를 바랐던 타자가 드디어 함께 있음에도 불구하고 실재적으로 함께 있음이 어떻게 가능한가라는 물음은 '실존'적 관점에서의 '있음'에 대한 문제인 동시에, '있음'의 모순, 존재의 '비상응함'으로부터 파생된 '현존재'의 '불투명함'에 대한 물음이다.

---

77) *Près d'elle*, p. 42.
78) *Près d'elle*, p. 41.

1) 실존적 관점에서의 존재와 키에르케고르

현존재의 불투명함에 대한 존재의 답답함이 잘 드러나는 사례로서, F. 줄리앙이 언급한 알베르 카뮈의 소설 『이방인』의 주인공 뫼르소를 생각해 볼 수 있다. 아무런 인과성이 존재하지 않는, 상황에 전혀 상응하지 않는 뫼르소의 범죄적 행위들, 잔인하고 그래서 코믹하기까지 한 일련의 부조리한 그의 처신은 어떻게 해석할 수 있는가 : 실재에 상응하지 않는 기괴한 범죄들은 과연 개인의 도덕적 품성의 문제이기만 한가? 그렇지 않으면 더 본질적인 차원에서 '존재'의 균열에 대해 무언가를 말하고자 함인가? 이러한 물음은 존재에 대한 형이상학적 의심이다.[79] 다시 말해 뫼르소의 실재에 맞지 않는, 상응되지 않는 행위들은 단지 개인의 예외적이고 기괴한 잘못된 행위의 처신이 아닌, 또는 실재의 부조리함이기보다는, 더 근본적 차원의 문제, 즉 존재 자체에 내재해 있는 비상응함에 대한 내향적 폭발로서 현재의 불투명함에 관계한다.[80] 그리하여 뜻하지 않는 범죄를 저지르고도 더 이해할 수 없는, 계속하여 더 이상한 범죄로 나아감은, 존재의 비상응함에 대한 누적된 스트레스에서 기인한, 그럼으로써 자신의 존재에 대한 증명을 위해, 유일하게 자신을 드러내는 방법으로서의, 현재

79) *Près d'elle*, p. 36.
80) *Près d'elle*, p. 38.

자신의 존재에 상응하는 가장 본능적인 방법(성폭행)을 찾아 이를 통해 폭력적으로 풀어 버리는 것이다.

결국 사랑의 모순에 대해, 그리고 행위가 실재와 비상응함에 대해 깊이 고민해 보면, 이것이 단지 개인의 도덕적인 문제에서 더 나아가, 다시 말해 주체와 행위 사이, 주체의 자유의지의 문제로서의 윤리적 품행의 문제가 아닌, 그래서 훈육되어야 할 '예외적 사건'이 아닌, F. 줄리앙이 성찰한 바와 같이 '존재'의 '있음'에 대해 좀 더 근본적으로 고찰해 보아야 할 문제임을 알 수 있다. 이러한 존재에 대한 성찰은 고전적인, 관념적 관점에서, 즉 저 너머의, 이상의 세계를 상정함 없이, 실재의 세계에서, F. 줄리앙이 말하는 실재의, 실존적 관점에서의 '존재'에 대한 철학적 성찰이다. 즉 이는 실존적 관점에서 바라보는, 있음의 존재(현존재)에 대한 균열에 대한 의심으로서, 실재를 넘어선 의미에서 저 진리의 세계에서의 형이상학적(la méta-physique) 관점에서 품게 되는 의심이 아니다.81) 이러한 실존적 관점에서의 존재를 사유함은, 존재에 대한 기존의 고전적 관점, 즉 플라톤의 이원론의 관점에서 존재를 절대적 있음으로 상응시켜 완벽한 저 너머의 세계로 보내 버림으로써—F. 줄리앙에 의하면 실재에서의 존재에 대한 비상응이라는 불편한 문제를 주시하기보다는, 다른 세계를 상정함으

---

81) *Près d'elle*, p. 36.

로써 편하게 해결해 버리는[82]—세계를 이원화하는 시선이 아닌, 실재에서의 존재에 대한 균열, 모순을 그 자체로 바라보는 것이다; 반면 기존의 관념적 형이상학은 실재에서의 존재에 대한 모순, 현존재의 불투명함의 당황스러움을 설명하고 해결하기 위해 출현할 수밖에 없었고, 실재 세계는 겉모습만 있는 구체적이고 현상적인 불완전한 세계로서 그 이면에는 절대적 '있음'의, 고정불변의 진리의 세계를 상정함으로써, 즉 우리가 발붙이고 사는 이 세계는 진리의 세계를 모사할 뿐인 (그림자) 세계로서 저 진리의 세계로 시선을 전환할 필요가 있는, 탈출해야 할 세계가 되었다. 이후 아주 오랜 시간을 걸쳐, 존재에 대한 모순을 그 자체로서 보며 고발하는, 니체부터 카프카에 이르기까지 주목한 바로 이러한 모순에 대한 시선을, F. 줄리앙은 현대를 시작하게 하고, 근대와 현대를 꿈틀거리게 한 시점이라고 본다.[83]

　삶이라는 실존적 차원에서 존재의 있음, 즉 현재(le présent)란 끊임없이 흘러가는 것이어서 현재라고 할 것이 없다. F. 줄리앙의 언급대로 스토아학파가 끊임없이 흐르는 현재를 기다림과 추억이라는 감각 작용을 통해 잡아 두기 위해 제안한 연장된 행위로서의 '산책'이라는 방법도, 현재를 행위로서 자름으로써 단편, 단

---

82) *Près d'elle*, p. 33.
83) *Près d'elle*, p. 33, p. 39.

편으로 끊어지며 현재가 드러날 뿐이다. 아리스토텔레스가 현재를 순간으로 무한히 나누고 나누어도, 아우구스티누스가 흔들리기 쉬운 주관적 헤아림으로 미래의 기다림과 과거의 기억의 줄타기 사이에서 현재를 묶어두어도, 꿈일지도 모를 것 같은 현재는 내 앞에 보이지 않고 흘러갈 뿐이다.[84] 현재란 무엇인가에 대한 물음은 지금, 여기에서 현재의 불투명함을 걷어내고 현재에 어떻게 있을 수 있는지에 대한 물음이며, 이는 현재를 어떻게 살 수 있는지에 대한 실존적 물음이다. '현재'는, '현재'의 '삶'은—어떠한 관념적 추론의 몰이 없이—무한한 시간의 흘러감에서 그 마지막 시간, '죽음'에 직면하였을 때, 즉 삶이 한계지어짐으로써 삶이 새롭게 자각됨, 그 경계가 쳐지면서 밀집되어 그 모습을 스스로 드러내며, 지연할 수도, 의심할 수도 없는, 미래와 현재로 나뉘지 않는 하나의 현재가 펼쳐진다.[85]

다른 한편 존재의 불투명함과 관련하여, 키에르케고르가 자신의 마음의 절대적 지배자라고까지 했던, 평생 온 마음을 다 바쳐 그토록 사랑해 마지않았던 약혼녀, '레진'을 스스로 먼저 버리고,

---

84) *Près d'elle*, pp. 35~37.
85) *Près d'elle*, p. 36. 이는 영원한 삶에 대한 약속이나, 좋은 삶에 대한 선택보다는, 오래 살고자 하는 마음보다는, 그래서 윤리적인 것이나 심리적인 것에 관계하기보다는 그야말로 응집된 현재가 펼쳐지는 두 번째 삶의 시작을 의미한다. 두 번째 삶이란 전략적 삶으로서의 실존의 삶으로서 어떠한 관념적 한계지음에 얽매이지 않고, 세상이 부여한 한계지음, 밖에 있는 존재로서의 삶이다.

오직 하느님 앞에 단독자로서 설 수밖에 없었던 이유가 바로 여기에 있음을 F. 줄리앙은 말한다.86) 결과적으로 유럽 사유의 유전적 형질, 즉 한계지어 정의하는 절대적 진리를 지향하고, 지향하고자 하는 욕망을 통해 목적을 좇는 존재에 대한 사유는, 실재에서 한계지음 없이 무한히 나아갈 수 있는 관계의 길—친밀함(l'intime)—에 대해서는 외면하게 하였다. 키에르케고르는 한결같이 지속되는, 완전무결한, 완벽한 사랑을 할 수 없는, 말하자면 자신의 사랑에 조금의 변화라도 있게 될 자신을 용납할 수 없었기에 스스로 먼저 약속을 파기한 것이다 ; 왜냐하면 '첫 번째 사랑'의 여정은 시작과 끝이, 오르막과 내리막이 분명한 여정으로서, 대상으로서 욕망하던 타자가 현존재가 되면서, 현(존)재의 불투명함으로 인한 실망감과 상실감으로 인해, 사랑하는 타자에 관계하여 키에르케고르는 조금이라도 달라질 자신의 마음이나 태도의 변화를 용납할 수 없었기 때문이다. F. 줄리앙은 키에르케고르가 실존적으로 주체의 절대적 개별성에 묶이는 대신, '두 번째 사랑'의 한계지음 없이 오고 가는, 타자와 나 '사이' 무한히 나누며 나아가는 공동의 실존, 그리하여 현재의 불투명함마저 걷히게 하는, 한 번에 완성되는 완전무결한 사랑은 아니지만 지치지 않는 '친밀한 현재(또는 친밀한 시간)'에 대해 알았다면 자신의 사랑에 대해 그렇게 극단적으로 처신하지 않았을 것이라고 단언한다.87)

86) *Près d'elle*, p. 100.

그래서 자신의 절대적 관념에 갇혀 버린 답답한 실존을 삶을 함께 나눌 수 있는 생생한 타자가 아닌, 절대적 존재인 하느님에게 귀의함으로써, 하느님 앞에 선 단독자로서밖에는 나를 마주할 방도를 찾을 수 없었다.

2) 친밀함의 '반대'는 무엇인가 : 무관심, 외면, 친숙함

'친밀함'을 더 잘 드러내기 위하여 그 '반대' 의미에 대해 살펴볼 필요가 있다. 친밀함의 반의어는 무엇인가? 그런데 '반대' 의미와 관련하여, 이것 자체도 **일의성(l'univocité)**을 띠지 않는데, F. 줄리앙은 흔히 혼동해 비슷하게 통용되는 '반대(le contraire)'의 의미로서 다음 세 가지 의미—**대립하는 것(l'opposé), 부정하는 것(le négarif)**, 이면의 것(l'envers)—를 구분 지어, 이에 대해 고찰해 볼 필요가 있음을 분명히 한다.[88]

먼저 **'차이(la différence)'를 극한으로 밀어붙이면 서로 반(反)하는 관계**가 되는데, 이것이 곧 '대립하는 것'이다. 대립하는 것은 관계에서 둘이 서로의 밖에서, 즉 서로 외재적으로 머물지만, 둘은 동일한 선상에 있다. 다시 말해 이 둘은 의미적 차원에서 서로 반대이지만 동일한 선상의 양극에서 함께 하는 관계이다.

---

87) *Près d'elle*, p. 100.
88) *Près d'elle*, p. 105.

그런데 이러한 대립의 관계가 내재화되어 긴장을 형성하고, 역동적인 작용을 하게 되면, 이것이 곧 '부정하는 것'이다. '부정하는 것'은 서로 반(反)의 관계일 뿐만 아니라, 모순적인, 이율배반적 관계를 형성한다. 이는 긍정적인 것 안에서 드러나며, 긍정적인 것을 변증법적으로 나아가게 하면서 **'활성화시키는(nég-actif) 동력'**으로서 작용한다. 그리하여 F. 줄리앙에 의하면, '부정하는 것'은 결과적으로 부정하는 것이 아닌, '긍정적인 것'으로서 작용한다.89) 마지막으로, 관계가 외재적이지도 내재적이지도 않으면서 관계를 변질시키는 반대의 의미가 있다. 이것이 '이면의 것'이다. 이는 종속적이고, 생산적이지 않음으로써 수동적으로 존재하며, 은밀히 숨어있기에 드러나지 않는다. 그렇다면 '친밀함'에 있어서 '대립하는 것', 친밀함을 '부정하는 것', 친밀함의 '이면의 것'은 무엇인가? '친밀함'에 관계하여 그 '반대'의 의미들을 살펴봄은, '반대'의 세 가지 의미들을 이해함에 좋은 예가 됨과 동시에, '친밀함'에 대해 더 잘 이해하는 기회가 될 것이다.

F. 줄리앙에 의하면, '친밀함'에 '대립하는 것'은 '무관심'이다.90) '무관심'은 의미상으로 '친밀함'의 반대이다. '무관심'은 친밀함 이전이나 이후의 양상으로서, 서로 아예 알기 전이나, 친밀하게 된

---

89) *Près d'elle*, p. 106.
90) *Près d'elle*, p. 106.

후에도 관계에 아주 서서히 틈이 생기면서 야기된다. 무관심한 관계에서 타자는 나 밖에서 외재적으로 존재함으로써, 나의 타자가 아닌 익명의 누군가일 뿐이다. 세계에서 아직 나에게 출현하지 않는 존재인 것이다. '출현'은 '만남'의 다른 말이다. 이때의 타자는 나와의 경계가 뚜렷하다. 반면, 친밀한 관계에서의 타자는 나의 가장 깊은 곳에 머묾으로써, 타자의 존재는 나에게 '스며들어' 나의 존재는 충만해지고, 나는 존재 저 너머로 자연스레 흘러 실존할 수 있게 되면서, 타자는 늘 **현존재**(la présence)로서 존재한다.[91]

다음으로, '친밀함(l'intime)'을 '부정하는 것'은 무엇인가? '외면함(l'extime)'이다. 이는 친밀함에 역동성을 불어넣을 수 있는, '친밀함'과는 긴장을 형성하는 반대 극이다. 친밀한 관계에서 타자는 나의 가장 깊은 곳에 머무는데 이러한 타자가 안착하여 해체될 위험에 빠지지 않도록 타자를 일부러 외재화하는 것이다. 그리하여 타자를 대상적 존재로서, 달리 말하자면 욕망의 대상으로 지향하기도 한다. 이는 관계가 고착화되는 위험에 빠지지 않게 하기 위함이다. '외면'은 내적으로 '친밀'과 한 쌍으로, 서로 자극하면서 교통하며, 변증법적으로 '친밀'의 반대의 대가 되는 축으로서 아주 긴밀한 관계를 형성해 나간다. 그럼으로써 '친밀'의 정신적인 면과 '외면'의 에로스적인 면이 함께 어우러지며, '외면'

---

91) *Près d'elle*, p. 107.

의 '한계지어짐' 안에서 '친밀'의 무한으로 나아간다.[92] '외면'은
'친밀'의 다른 모습이다.

한편 '친밀함'은 '친숙함'[93]이 아니며, '친숙함'은 현재가 무한
히 열리는 '친밀함'에 비해, '친밀함'이 고착된, 그 속성만 남은, '한
계지어진 친밀함'이다.[94] '친숙함'은 나와 타자의 현재가 더 이상
펼쳐지지 않음으로써 한계지어진, 박제된 친밀함이다. 그럼으로
써 친밀한 관계가 친숙함으로 박제되지 않게 하기 위하여, '외면'
은 '친밀'의 반대 축으로서, 관계가 정착하여 고착되지 않게 한 쌍
이 되어 서로 자극하며 교통해 나간다.

이렇게 '친밀'과 '외면'은 서로 반대이지만, 내재적으로, 서로
반대 축에서 한 쌍으로 작용한다. 그래서 점차 잦아드는 '만남'의
출현을 위한 장치로서, '외면'은 중요한 그 반대 축의 역할로 작용
할 수 있다. 사실 어떠한 관계도 시간의 '지속' 문제에서 자유로울
수 없기에, 시간과 함께 야기될 수 있는 관계의 고착에 대한 문제
는 누구나 마주치게 되는 현실적 문제이다. '외면'은 '친밀'의 반대

---

92) *Près d'elle*, pp. 100~101.

93) 친밀함(l'intime)이 잘못 변질되면 '친숙함(la familarité)'이 되는데, 관계가
살아있지 않고 죽은, 서로 간에 부끄러움이 사라진, 익숙함만 남은 관계이다. '친밀'
의 이면에 자리 잡은 나와 타자 간 역할만 있는 고착된 관계로서 비생산적이고 종속
적인 관계일 뿐이다. 이러한 의미에서 '친밀함'의 '이면의 것'으로서 'la familiarité'
를 '친숙함'으로 번역하였다.

94) *Près d'elle*, p. 108.

이지만, 변증법적으로 친밀과는 의미의 반대 축을 이루며 긴장 관계를 형성하며 관계를 역동적으로 만든다. 다른 한편으로 '친밀함'이 '친숙함'으로 빠지지 않기 위하여, 즉 '지속'의 관점에서 타자가 점점 잘 보이지 않게 되는 고착된 관계에 빠지지 않고 관계를 역동적으로 이끌고 나가기 위하여, 그 부정의 것으로서의 '외면'을 '친밀'과 한 쌍으로서 내적으로 움직여 볼 수 있다. 바로 이것이 '외면'을 통해, '친숙함'의 위험에 빠지지 않기 위한 '친밀함'의 부정적 작용으로서 기대해 볼 수 있는 '긍정적' 역할이다. 다시 말해 '외면'은 친밀의 부정이지만, F. 줄리앙이 제시한 바와 같이, 친밀함이 고착된 친숙하기만 한 관계에 빠지지 않고 역동적으로 관계를 유지하게 할 수 있는 반대 축으로서의 긍정적 역할을 한다. 말하자면 '외면'은 나와 나의 타자 간의 놀이로서, 관계를 고착시키지 않고 '친밀함'을 계속하여 창조적인 관계로 지속할 수 있는 현실적 장치로서 작용할 수 있다. '외면'은 나와 타자 간의 책임 있는, 보장된 관계 안에서 어떤 식으로든 서로 간의 합의에 의해 이뤄지는 놀이로서, 이는 타자를 갑자기 관계의 밖으로 내보내, 즉 '외면함'으로써, 나와 타자 간 관계의 가능성을 재설정하고, 다시금 만족의 대상으로서 지향해 보는, 사랑의 에로스적인 면모, 즉 에로틱함을 들추는 놀이다.

마지막으로, '친밀함'의 '이면(裏面)의 것(l'envers)'은 무엇인가? 친밀함의 반대이지만 단순히 '대립하는 것(l'opposé)'도, '친

밀함'을 활성화시킬 수 있는 '반대 축 역할을 하는 것(le négatif)'
도 아닌, '이면의 것'은 '친밀함'에 내부적으로 몰래 숨어 음성적으
로 작용하며 그 의미를 변질시킨다. F. 줄리앙에 의하면, 이것이
바로 앞서 언급한 **친숙함(la familiarité)**'이다.95) 여기서 말하는
'친숙함'이란 서로에게 전혀 부끄러워할 줄 모르게 된, 즉 염치가
사라진 관계에서 친밀함이 '존중' 없는 친숙한 관계로만 변질되
어 '친숙함'만 남은 관계에서 기인하는 것이다. 그래서 '친숙함'만
있는 관계란 '친밀함'을 표명하지만, 서로에 대한 '배려'나 '조심스
러움'이 사라진, F. 줄리앙에 의하면, 타자에게 **거리낌이 없게 된
상태(le sans-gène)**'96)를 말한다. 말하자면 서로 익숙해지고 편
해진 관계일 뿐이다. 그리하여 타자는 나에게 동질화되고, 적응
되어, 녹아버려, 흡수되면서, 더 이상 타자는 현재하지 않게 된다.
'친밀함'은 타자가 나의 가장 깊은 곳에 현재하는, 나와 타자의 현
재이다. 반면 F. 줄리앙은 이러한 친숙함만 남은 관계를 타자의
죽음이라고 말한다.97) 타자와 나의 '간격'의 상실은 현재의 가능
성마저 잠식시킨다.98) '친숙함'만 있는 관계에서 '타자'와 '나'는
만남의 거리의 간격이 사라지면서 '타자'는 '나'라는 존재의 연장
선에서 간주되면서 서로에 대한 세심함은 사라지고, 더 이상 마

95) *Près d'elle*, p. 111.
96) *Près d'elle*, p. 111.
97) *Près d'elle*, p. 112.
98) *Près d'elle*, p. 112.

주하여 바라보지 않게 된 관계이다. 앞서 언급했듯 '바라봄'은 '시선'과 '조심스러움'이며, 이는 타자에 대해 '타자성'을 잃지 않도록 '타자'와 '나' 사이의 바람직한 '간격'을 유지하게 한다. 그래서 거북함이 없는, 거리낄 것이 없는 관계에서 타자는 '나'의 존재의 연장선에서 또 다른 나로서 여겨지면서, 친밀한 관계를 유지하게 하는 '간격'은 사라져 나는 타자를 바라보지조차 않게 되는 것이다. 바라보지 않는 관계에서 '만남'이란 없으며. '만남'이 없음은, 사건이 사라진 관계, 즉 존재의 출현과 후퇴의 반복됨이 사라진 죽은 관계이다. 이는 만족과 즐거움의 원칙에 따라 끝이 있는, 한계지어진 관계일 뿐이다.

'관계'라 함은 만남의 결실도, 만남의 연장도, 그 연장의 결과도 아닌, 그래서 두 주체 사이에 자리 잡은, 연장된 무언가가 아닌, 관계 안에서 만남을 하나의 사건으로서 끊임없이 출현하도록 함에 그 의미가 있다.[99] 그리하여 서로의 타자를 가장 귀한 손님으로서 무한히 맞이하는, '관계'란 만남의 끝없는 여정이다.

3) 요약 : '흘러나옴(dé-bordé)'에 관하여

다시 조명하여 보자. 사랑의 비상응함을 통해 F. 줄리앙이 어떻게 존재 자체에 내재하고 있는 모순까지 거슬러 올라가 의심하

---

99) *Près d'elle*, pp. 113~114.

고 성찰하게 되었는지, 그 사유의 여정에 대해 간략히 짚어보기로 하자 : 지향하던 사랑하는 타자가 지금 여기, 나의 현(존)재로서 실현되었음에도, 되려 타자가 잘 보이지 않게 되어 불투명해지거나, 또는 즐거움이나 만족감이 지속되지 않음으로써 오히려 관계가 소원해지는 문제에 대해 근본적으로 살펴보면, '있음'의 '존재' 자체에 모순이 내재해 있음을 알 수 있다. 그리고 이렇게 존재에 모순이 내재함은 인류가 현재로부터 차단되는 결과를 낳았다; 구체적으로 말하자면, 이는 한편으로는 실재에서의 존재의 비상응함에 대한 불편한 실재를 그 자체로서 그대로 주시하기보다, 이를 해결하기 위한 노력으로서 완벽히 상응되는 있음의 진리의 세계, 즉 이상계를 상정하고 세계를 이원화시킴으로써 형이상학을 출현하게 하였고, 다른 한편으로 한계지어지면서 고착된 존재 자체에 내재해 있는 모순으로 인한 현재의 불투명함의 원인을 인간에게 돌림으로서, '윤리'라는 명분 아래 만족할 줄 모르는 타락한 인간의 '영혼'의 탓으로, 또는 훈육되어야 할 온전하지 못한 정신적 기능의 문제로 치부하였다.

이에 F. 줄리앙은 '존재의 모순', 다시 말해 '현재의 불투명함'을 오로지 인간 스스로 자초한, 즉 개인의 품성이나 의지의 문제로서만 치부하지 않고, 그 자체로 받아들이고 주시하면서, 실재의 '현재의 불투명함'에 대해 새롭게 성찰해 볼 필요가 있음을 환기시킨다. 심리학적 관점에서 욕망이 실현되면서 그 온전한 즐거움이 한결같이 지속되지 않음은, 개별적 인간의 윤리적 결함이라기보다는, 굳이 프로이트의 즐거움 또는 쾌락의 원칙을 상기하지 않더라도 누구나 경험적으로 알고 있는 지각 기관의 한계라고 할 수 있다. 따라서 F. 줄리앙은 이에 대해 좀 더 근본적으로 거슬러 올라가 고민해 볼 필요가 있음을 말한다.[100] 그리하여 현재의 불투명함에 대한 존재의 모순의 부정성을 피하지 않고 주시하면서 이에 대해 '실존'적 관점에서 성찰한다. 여기서 F. 줄리앙이 끊임없이 되뇌는 실존의 중요한 의미로서 실존— ex-ister—적 관점이란, 라틴어 어원의 의미 그대로 '밖에 있는 존재'—ex-sistere—로서, 달리 말하자면 '끊임없이 깨어있는 존재'로서의, 어떠한 한계지음에도 귀속됨 없이 성찰하고자 하는 관점이다.

한편 F. 줄리앙에 의하면 '절대적 **있음**(l'Être)'이 아닌, '**현재 있음**(la présence)' 또는 '현재(le présent)'는 **앞에 있음**, '**가까이 있음**(l'être-près)'으로, '**현재함**(présent, 형용사인 동시에 명사도 가능)'의 라틴어 어원(prae-(s)-ens)의 의미 그대로, 그 자체로 '있음'에 상응하지 않는다. 그래서 현재가 잘 드러나지 않음은, 즉 현재의 불투명함은, 이러한 '가까이'라는 거리의 '간격'을 통해 드러남과 물러섬, 또는 출현(또는 현전)과 출현하지 않음(또는 부재)이 교차하면서 그 불투명함을 걷어낸다. 현재 있음, 즉 현존재는 바로 지금, 여기에서 한 번에 확 드러남이 아닌, 이러한 거리의

100) *Près d'elle*, pp. 32~33.

'간격'을 통해 '점진적'으로 걸러지면서 서서히 드러난다. 이와 관련하여 F. 줄리앙이 드는 재밌는 예로서, 고정되어 멈춘 것 같은 한낮의 쨍한 오후 세 시보다 여명이 있는 새벽이, 그리고 저물어 가는 노을이 있는 저녁 시간이 흘러가고 있는지도 모르는 시간의 그 불투명함에서 벗어나 현재를 드러내며 우리에게 다가온다. 또 다른 예로서, 만약 우리가 밤에 자기 위해 눈을 감지 않는다면 그래서 계속 (드러나) 있음에 있다면, 지금이 낮인지 밤인지 잘 구분하지 못함으로써 우리는 자신이 언제 어디에 있는지조차 쉽게 인지하지 못할 것이다.[101] 결국 거리의 '간격'을 통해 존재는 출현과 부재를 반복하며 끊임없이 '출현'함으로써, 말하자면 다가감과 후퇴함의 문지방을 드나들면서, 달리 말하자면 '만남'의 사건을 통해, 존재는 그 '사이'에서 서서히 드러난다. 이는 현재는 온전히 활성화된 상태, 즉 완전히 드러나 현재가 되는 순간, 즉 간격 없이 완벽히 현재로 상응됨으로써 존재의 불투명함으로 인해 보이지 않게 되면서, 현재는 바로 지금, 여기에서 전면적으로 드러날 때보다 드러남과 드러나지 않음, 그 '사이'에서 끊임없이 출현할 때 그 모습을 드러내 보이기 때문이다. 달리 말하자면, 이는 있음이 실현되면서 현재의 있음이 되면서, 그래서 현재에 안착하게 됨으로써, 현재를 마주하고 바라볼 수 있는 '간격'이 사라지게 되어 펼쳐진 현재를 보지 못하게 되는 것이다. 현재는 안착되면

101) *Près d'elle*, p. 26.

서, 더 이상 활성화되지 않는다. '바로 지금, 여기'는 바라볼 수 있는 '거리'가 사라짐으로써 현재를 간격 없이, 너무나 직접적으로 마주하게 되면서, 오히려 실현된 현재를 제대로 의식할 수 없는, 볼 수 없는 상태인 것이다. 사실 F. 줄리앙의 언급이 아니더라도 우리는 지금, 여기의 그 현재가 얼마간 지난 후, 그것이 무엇이었는지를 조금씩 인식하게 되면서, 그 존재가 드러남을 본다 : "참 힘들었지만, 지금 보니 의미가 있었다"라든지, "아무 생각 없이 살기 바빴는데, 의미 없는 단조로운 시간이었는데, 지금 보니 참 고마운 사람이었고, 참 보람 있었던 시간이었다"라든지, 반대로 "가만히 있었을 뿐인데, 그저 시키는 대로 했을 뿐인데 좋지 못한 처신이었다"라든지, 이는 모두 현재의 불투명성이 시간의 간격을 통해 존재의 드러남을 보여주는 사례이다. 다시 말해 온전히 실현된 현재는 고착되면서 더 이상 '출현'하지 않음으로써, 실재에서 보이지 않게 되어 숨어버리고 사라지게 되는 것이다. '불투명함'은 고착된 현재의 속성이다.

사랑이 현재가 되고 욕망이 실현되면서 달라지는 나의 태도는, 나의 품성의 윤리적, 인격적 결함으로 인해서가 아니다. 즉 달라지는 태도의 변화는 현재에 '지속적'으로 만족을 느끼고 이에 '상응한' 충실한 마음과 처신을 하지 못함으로써, 나라는 개별적 주체의 윤리적인, 품행적 결함에서 나오는 문제가 아니다. 지향하고 바라던 바가 실현된 현재는 있음으로 포화되면서, 다시 말해 있음만 있음으로써, 즉 현재가 고착되어 연장되면서 현재가 불투명해져 보이지 않게 되는 것이다. 그리하여 이러한 일련의 변화는 부도덕한 또는 정숙하지 못한 개인의 품행의 문제이기에 앞서, 저 바탕에서 보자면 이는 존재 자체에 내재해 있는 모순 내지, F. 줄리앙에 의하면 현재가 투명하게 드러나지 않는 현재의 불투명함에서 기인한 것이다. 그럼으로써 사랑의 비상응함 내지는 불투명함의 문제는 예외적 현상의 파행적인 사건이 아닌, 존재의 모순이나 현재의 불투명함이 그대로 드러난 하나의 사례일 뿐이다. 결국 남녀 간의 파국적 관계를 통해 드러나는 존재의 불투명함은, 다가감과 후퇴함을 실행할 수 있는 '거리'의 '간격'이 사라지면서 현재가 활성화되지 않음으로써, 달리 말하자면 관계의 '역동성'이 사라지면서 끊임없이 '출현'해야 하는 현재가 더 이상 '출현'하지 않음으로 인해 초래되는 것이다.

이렇게 다가감과 후퇴, 출현과 결핍을 실행할 수 있는 바람직한 '간격'을 형성하는 '거리'는, 현재 있음의 불투명함을 걷어내고 현재를 드러내는 데 매우 중요한 역할을 한다. 그리고 현재의 '불투명함'을 통해 성찰하게 된 '간격'을 수호해 나가는 문제는, '나'와 '타자' 사이, 현재, 계속하여 지속 가능한 친밀한 관계에서 또한, 같은 맥락에서 중요하게 적용된다. 그렇다면 바람직한 '간격'이란 무엇을 말하는가?

현재 '나'라는 존재는 '간격'을 통해 '타자'를 바라볼 수 있으며,

'간격' 없이는 '나'도 '타자'도 드러나지 않는다. '간격'이란 두 개별적 주체, 각자의 '타자성'을 수호해 나갈 수 있는 거리이다. '나'라는 존재는 '타자'와의 관계에서 드러남으로써, 나의 타자에게 '타자성'이 사라진다면 더 이상 '나'라는 존재도 드러날 수 없다. 그럼으로써 타자의 '타자성'은 '간격' 없이는 존재하지도, 유지되지도 못한다. 나와 마주 보고 있는 나의 타자가 더 이상 나를 마주 보지 않는다면, 이는 현재 지속되고 있는 사랑이 아니다. 더 이상 서로 바라보지 않음은, 첫 번째의 욕망적 사랑의 단계에서 욕망이 실현되어 타자의 존재가 더 이상 지향되지 않음으로써, 타자는 욕망이 실현된 목적적 대상으로서의 한계지어져 존재할 뿐, 관계는 욕망 충족 후 시들해졌거나 허무해지는, 그저 자연스러운 심리적인 쇠퇴 단계의 수순을 따르고 있을 뿐인 상태이다.

　그렇다면 주체와 대상이 아닌, 주체와 주체 간의 오고 가는 사랑은 어떠할까? 이는 바로 욕망의 한계지음으로부터, 달리 말하자면 불투명한 존재의 절대적 한계지음으로부터 벗어난 존재의 나눔으로서, 자신의 마음 가장 깊은 곳에서 함께 나누는 '무한'으로 나아가는 '친밀함'이다. '친밀함'은 한계지어짐 없는 '무한'의 관계로서 처음과 끝이 분명한 마라톤 레이스가 아닌, 지속되는 현재의 여정이다.
　'바라보고', '마주 봄'은 둘 사이의 거리의 '간격'을 통해 가능하며, 더 이상 마주하고 바라보지 않음은 서로를 바라볼 수 있는 '간격'이 사라짐을 의미한다. 이때의 타자는 간격이 사라져 내가 되어버린, 낭만적 관점에서 어쩌면 이러한 타자를 '또 다른 나'라고 부를 수도 있겠지만, 이는 친밀한 관계의 산물이 아니며, 서로 바라봄이 사라진 나와 타자의 관계는 종말로 치달을 수 있는 아슬아슬한 위험한 관계이다. 앞서 언급했듯 F. 줄리앙에 의하면 타자는 그 고유한 의미 그대로, 철저히 자신의 '타자성'을 유지하는 타자로서의 타자이어야 하며, 그렇지 않으면 매우 위험한, 무서운 결과를 초래할 수 있는데, 이는 나의 타자와 함께 있음에도 불구하고, 타자는 더 이상 보이지 않게 됨으로써 나의 타자는 존재하지 않게 되기 때문이다. 나를 비추고 있는 타자가 사라지면서 타자와 함께, 타자를 통해 현전했던 나 또한 사라진다. 그럼으로써 타자가 타자로서 계속 존재하기 위하여, 나와 타자 '사이'의 '간격'을 수호함은 매우 중요한 일이다. '간격'은 나와 타자를 끊임없이 마주하며, 서로 바라보게 하며, 한계지어짐 없이 계속하여 풍요롭게 관계 맺으며 나아가기 위한, 나와 나의 타자 간의 '은밀한 통로'가 된다. 그래서 한계지어짐 없이 풍요롭게 관계를 맺음은, 욕망과 함께 시작과 끝이 분명한, 한계지어진 사랑의 굴레에서 벗어나, '간격'을 통해 나와 나의 타자 사이 관계가 욕망에만 한계지어지지 않는, 관계가 지속되면서 끊임없이 새롭고 다양하게 맺어지는 관계를 말한다.

다시 요약하자면, 나와 나의 타자 간의 '간격'은 서로 마주 '**바**

라봄(le re-gard)'을 가능하게 한다. 욕망이 실현되면서 타자가 점점 보이지 않게 됨은 더 이상 바라보지 않게 되었기 때문이며, 그럼으로써 나와 나의 타자 '사이' 바라볼 수 있는 '간격'이 사라졌기 때문이다. 여기서 '간격'이란 마음의 거리가 아니며, 프랑스어에서 '바라봄(re-gard)'의 의미가 어원적으로 개별적 '시선'과 함께 '조심스러움'의 의미를 내포하듯, 이는 주체와 대상의 관계가 아닌, 두 개별적 시선이 공존하는 '주체들' 간 서로를 향한 '조심스러움'을 의미한다.

'동질성'이 바탕(기준)이 되는 **'다름 또는 차이(la différence)'가 아닌 '간격(l'écart)'이란**, 서로 '전혀 다른' 문화들 사이, 주체들 사이의 거리로서, 여기서 '거리'란 개념과 분석, 서술을 요하는 범주적이고 관념적인 것이 아닌, 문화들 간, 주체들 간 서로 마주봄으로써 관계가 상호적으로 펼쳐지는 거리를 의미한다.[102] **그리하여** 친밀함을 나누는 '타자'는 목적적 대상이 아닌, 즉 같음을 전제로 '다름'을 통해 정의를 내리고 그 정체성을 밝히는 연구의 '대상'이 아닌, **서로 전혀 다름의 '간격'**을 통해 한계지어진 관계에 묶이지 않고 한계 저 너머 관계가 무한히 펼쳐지는 나와 마주보는 '개별적 주체'이다. 그래서 나와 타자는 절대적으로 명확히 한계지어지지 않는, 곧 정의할 수 있는 대상적 관계가 아닌, 모호

---

102) «L'écart et l'entre», Leçon inaugurale de la Chaire sur l'altérité, décembre 2011, 또는 *L'écart et l'entre*, Galilée, Paris. 2012 참조.

함으로 가득 차지만 함께 무한함으로 나아가는 두 개별적 주체 '사이'이다.103)

　　F. 줄리앙은 『간격과 사이』104)에서 '다름'의 개념은 하나의 '동질성(같음)'이 바탕이 되면서 **'정체성(l'identité)'**을 상정하는 개념이며, **'다름(le différent)'**과 동일함(l'identique)은 쌍을 이룬다고 설명한다. 말하자면 '다름'은 '동일함(같음)'으로부터 파생되는 개념이기에, 이는 곧 그 사유의 상부로 올라가면 공통적인 부분(같음)이 전제된다. 이러한 '다름' 또는 '차이'는 반드시 그 지향점 내지는 목적성이 있는데 이것이 바로 그 '본질을 밝히는 것(identifier)'이다. 다시 말해 '같음'과 '다름'을 통해 하나를 나누고 나누어 더 이상 나눌 수 없을 때까지, 즉 차이에서 차이로 궁극적인 차이에 도달할 때까지 가는데 이것이 곧 대상, 즉 사물의 본질(정체성, l'identité)이 된다. 본질을 밝힘은 변하지 않는 본질, 또는 속성을 규정하는 **'절대적 한계지음(définir)'**으로, 이것이 곧 **'앎'**이다.105)

　　그런데 개별적 주체들 사이에서 서로를 바라보는 각각의 주체는 앎을 목적으로 하지 않는다. 개별적 주체들은 서로 등지고 있는 '다름'이 아닌, 서로 마주 보고 있는 '간격'을 관계의 바탕으로

---

103) *Près d'elle*, p. 71, pp. 74~75.
104) *L'écart et l'entre*, Galilée, Paris. 2016 참조.
105) *Près d'elle*, pp. 91~92.

삼는다.106) 그리고 '같음'을 전제로 하는 '다름'이 아닌, '간격'을 바탕으로 주체들 사이에서 흐르는 무한히 내밀한 관계, 즉 '친밀함'을 통해 각각의 개별적 주체는 함께, 한계지음을 벗어날 수 있는 **'실존(l'ex-istence)'**으로 나아간다. 실존적 존재는 한계지어짐에서 탈피한 존재로서 자유로우며, 나와 타자의 '간격' 그 '사이'에서 서로의 가장 깊은 내면에 현전하는 나의 '타자'를 통해 나의 현재를 펼친다.107)

─ '흘러나옴'에서 '실존'으로

언급했다시피 친밀함은 두 개별적 주체 사이 '너'인지 '나'인지 모르는 개별성이 사라진 채 섞여버린 '혼합'된 상태가 아니다. 그렇다면 무한히 내밀한 관계로서 '친밀함' 안에서, 너와 나라는 대립적, 또는 모순적 구도는 어떻게 해소되는가? '너'와 '나' 사이의 경계가 허물어짐은, 즉 '너'와 '나'라는 존재의 한계지음에서 나와 저 깊이 함께 머물며 한계지어진 존재 저 너머에서 함께함은, **'친밀한 현재'** 안에서 존재가 그 한계지어짐 밖으로 자연스레 **'흘러나옴'**으로써 가능하다. 이는 나라는 존재 밖에 있는 타자의 외재성에서 나옴과 동시에, 내 안의 감금된 나에서 나옴으로써 너와

---

106) *Près d'elle*, p. 92.
107) *Près d'elle*, p. 91.

나, 안과 밖의 경계를 녹아내리게 한다.108) 그래서 이는 한계지어지지 않고 고착되지 않는, 끊임없이 서로가 서로에게 '출현함'으로써 '만남'을 '유지'하는 관계이다. 그리하여 타자에 머묾은 계속하여 있음이 아닌, 계속하여 출현함이다.

끊임없는 '출현'은 존재를 안착되게 함 없이 끊임없이 드러나게 함으로써 현재의 불투명함에 갇히지 않도록 하고, 있음을 현재(現在)하게 한다. 그리고 계속하여 출현하기 위해 필요한 두 주체 사이 거리의 '간격'은 '타자성'을 유지하게 한다. 이러한 의미에서 '타자성'은 '주체성'의 다른 말일 것이다. '간격'을 통한 나의 깊은 내면 속 타자와의 끊임없는 '친밀한 만남'에서, 나는 캡슐 안에 들어앉은 캡슐화된 절대적인 내가 아닌, 온갖 편견과 억견(臆見, doxa), 관습적, 사회적, 언어적 관념들로부터 '한계지어진 나'로부터 벗어나, 타자를 만나고 나를 '대면'할 수 있다. 앞서 언급했듯 '간격'이 사라지면 '만남'도 없다. '만남'을 통해 타자를 '바라봄'과 동시에 내 안의 진정한 나를 '대면'할 수 있게 됨으로써, 나는 새로운 나를 발견하며, 삶을 새롭게 영위해 나아갈 수 있는 용기와 그 원동력을 얻는다.

결국, 나의 무한히 깊은 내면에서 이루어지는 친밀한 타자와의 끊임없는 '**만남**(la ren-contre)'은, 내가 어떠한 한계지어짐 없이

---

108) *Près d'elle*, p. 80.

존재의 한계로부터 끊임없이 나올 수 있게 함으로써 나를 나로서 새롭게 비추어지며 비로소 현재하게 한다. 그리하여 타자와 나의 친밀한 관계에서 나는 현재를 살며, 현재는 무한히 펼쳐진다. 여기서 '나옴' 또는 '벗어남'이란, 내 안에서 더 깊이 있는 나를 향해 나아가는 **'나옴**(le dé-gagement)**'**이다. 즉 이러저러한 세상이 부여한 온갖 한계지어진 것들로부터 끊임없이 나옴으로써, 내 안의 무한히 깊이 있는 나, 실재의 나를 대면하는 '나옴'이다. 그래서 아우구스티누스가 언급한 **'친밀함**(l'in-time)**'**에 따라, 나의 무한히 깊은 내면, 즉 가장 깊은 내면보다 더 깊은, 내 안의 나에서 나의 타자를 만나는 친밀함은, 나를 한계지어진 온갖 것들로부터 끊임없이 나오게 함으로써 내 안의 내 안에 깊이 있는 실재의 나를 대면하게 한다. 내 안의 한계지어지지 않는 나, 실재의, 진정한 나와 대면함은, 이러한 친밀한 타자를 통해 가능한 것이다. 물론 반대로 내 안의 깊이 있는 실재의 나를 대면함으로써만, 또 타자와 친밀함을 나눌 수 있다. 그리고 실재의 나와 대면한 삶이 앞으로 언급될, 곧 '두 번째 삶'이다. 그런데 나와 나의 타자, 즉 나를 마주하고 있는 타자 사이에서 나를 한계짓는 온갖 것들로부터 '나옴'은, 다시 말해 타자와 친밀함을 나누는 '친밀한 현재'를 통한 한계지음에서 '나옴'은, 의지나 목적에 의해 지향되는 것이 아닌, 관계에서 자연스레 나오게 되는 '흘러나옴'으로써 가능한 것이다.

이렇게 '친밀함'을 통해 우리는 존재의 모순으로 인한 현재의 불투명함의 문제를 관념적 세계를 따로 상정함 없이, 즉 실재를 단순히 외양뿐인 가시계(可視界)로 보면서 절대적 한계지음이 가능한 진리의, 이데아(이상)의 세계를 별도로 상정함 없이, 그래서 세계를 이원화하는 형이상학적 관점이 아닌, 바로 실재의 삶에서, 실존적 차원에서 풀 수 있는 것이다. F. 줄리앙이 말하는 '실존'이란, 세상이 부여한, 그것이 돌아가게 하는 온갖 힘의 논리나 관념으로부터, 즉 한계지어진 틀로부터 '나와' 또는 '벗어나' 있을 수 있는 자유로운 존재를 말한다.109) 세상이 부여한 온갖 한계지음으로부터 벗어나 있을 수 있음으로써, 실존이란 진정한 의미에서 '선택'을 할 수 있는 존재로서의 자유를 말한다. 물론 한계지어진 나에서 나옴이 가능함은, 친밀함을 나누는, 나의 타자, 즉 나를

---

109) F. 줄리앙이 자신의 실존 개념을 직접 밝힌 문장을 원문 그대로 옮긴다 :

Si ex-ister signifie proprement ""«se tenir hors»(ex-istere), il faudra bien dire, en effet, hors de quoi ; c'est-à-dire éclairer comment, dans cet entre ouvert entre nous par la présence intime, c'est bien l'infini d'un Dehors qui est à l'œuvre en debordant les sujets. Car, dans la présence intime, je ne tiens pas seulement l'Autre hors du monde, le détachant de l'autrui anonyme, c'est-à-dire des rapports de forces, de semblant et d'interêt, qui font le «monde» et pourvoient à la vie en société. (*Près d'elle,* pp. 117~118)

La vie peut, s'y reprenant, se déployer en existence, c'est-à-dire en capacité de se tenir hors, hors des limites et des définitions projetées sur la vie, (...), pour ouvrir la vie en possibilité que ne contient aucune «essence» et dont rien ne peut préjuger — ce que signifie proprement, dans son sens à promouvoir, «exister». (*Une seconde vie,* p. 178)

마주 보고 있는 '타자(Autre)'를 통해서이다. 이는 나의 무한히 깊은 곳에 타자가 존재하고, 더 나아가 나의 타자가 지속적으로 머묾으로써 나는 그러한 타자와 만나기 위하여, 나로 한계지어진 나에서 끊임없이 나와, 나의 좀 더 깊은 내면으로 계속하여 들어가기 때문이다. 그리하여 한계지어진 나에서 끊임없이 나와서, 내 안에 무한히 깊이 머물고 있는 타자를 만남은 결국 내 안의 나를 대면하는 것이다.

이러한 '나'와 '타자'의 관계는 한계 없이 펼쳐지고, '현재'는 '타자성'을 띠는 '타자'를 통하여, '타자'와 함께 펼쳐진다. 나와 타자의 관계는 에로스와 아가페를 오가는, 즉 목적 지향적인 합일과 여전히 지향적 대상으로서 무조건적 희생의 양축을 오감이 아닌, '나'와 '타자' 그 사이, '간격'의 은밀한 통로에서 드러남과 후퇴함을 끊임없이 반복하며 나의 가장 깊은 곳에서 무한히 만남으로써, 존재를 함께 나누는 '친밀한 관계'이다. 드러남과 후퇴함을 끊임없이 반복함은 두 주체 간의 끊임없는 '만남'이며, 끊임없는 만남은 관계를 정착시키거나 고착시킴으로써 사랑의 뻔한 여정의 틀에 갇히지 않게 하고 타자를 마주하여 볼 수 있게 한다. 이러한 관계는 정착되지 않는 관계이기에 불안한 관계가 아닌, 끊임없이 만나는 관계이며, 더 이상 바라보지 않는 친숙한 관계로 전락해 버린 관계가 아닌, 서로 마주 보는 친밀한 관계이다. 친밀한 관계는 정착을 의미하는 것이 아닌, 매일 새로운 날이 밝듯, 드러남과 후퇴함의 문지방을 드나들면서 끊임없이 새롭게 만남을 말한다.

다시 말하자면, '친밀함'은 '타자'와의 친밀한 현재를 펼침을 통해, 대중의 억견이나 편견뿐만 아니라 온갖 세상의 한계지음, 힘의 논리나 이익, 권력이 작동하는 관계, 당위적 관습의 굴레로부터, 그래서 자신의 '선택'을 한계지었던 그 모든 한계지음으로부터 자연스레 벗어나 '실존함'을 가능하게 한다. 여기서 F. 줄리앙은 타자를 통해, 타자와 함께 이러한 한계지음으로부터 벗어난 상태를 자연스레 흘러넘쳐 나와 있는 'débordé(흘러나온)' 상태란 단어로 표현하는데, 이는 한계지어진 온갖 것에서 '나와', '벗어나' 있을 수 있는 존재로서의, 즉 밖에 있는 '**실존(l'ex-istence)**'의 의미 그 자체로서의 개별적 주체이다. 이러한 실존적 주체의 삶은 자유로운 존재의 삶이다. 다시 말하지만, 여기서 자유란 '선택'의 자유이다 : 이는 이미 한계지어진 길에서, 즉 대중의 억견이나 힘 또는 이익의 논리에 따라 목적을 향한 한계지음 안에서 '몰아진' 선택이 아닌, 타자를 통해 한계지어진 존재의 경계 그 너머, 나의 가장 깊은 나와 대면함으로써 온갖 기존의 관념에 얽매이지 않고 '밖에 나와 있는 존재'로서 온전히 '선택할 수 있는 자유'이다. 그래서 자유 또한, 어느 날 갑자기 공표되고 선언됨으로써 가능한 것이 아닌, 나와 타자 사이 무한한 '친밀함'을 통해 존재의 한계지음에서 서서히 나옴으로써 아주 점진적으로 다다르는 것이다.

앞서 언급했듯 아우구스티누스에 의하면 '**친밀함(l'in-time)**'

은 '나'와 '너' 사이에 오가는 무한히 깊은 나눔으로서, 개별적 주체들, 즉 나와 너 '사이' 끊임없는 '만남'을 통해 '나'의 지평선을 존재의 한계 저 너머 끝없이 넓어지게 하면서 새로운 시선으로 삶을 마주하게 한다. 결국 타자를 통해 자연스레 '흘러나옴'으로써 자신의 깊은 내면에 있는 본연의 자신을 대면하고 한계지어져 고착된 존재 밖으로 흘러나와 현재할 수 있다. **나는 가까이 있는 타자를 통해** 현재가 고착되어 불투명해지지 않고 투명한, 친밀한 현재가 펼쳐진다. 이렇게 '나'와 '타자' 사이 존재의 '흘러나옴'이 가능한 관계가 '두 번째 사랑'이며, 밖에 나와 있는 존재로서 자유로운 선택이 가능한 삶이 '두 번째 삶'이고 '실존의 삶'이다 : '두 번째 사랑'은 '나'와 '대상으로서의 타자' 간, 에로스와 아가페를 오가며 타자를 지향하는 한계지어진 합일의 사랑이 아닌, '나'와 '또 다른 주체' 간 무한히 오가는 여정으로서 무한히 나누는 '친밀함'이다. 그래서 '두 번째 사랑'은 극적으로 보여주고 입증하며, 쟁취해야 하는 첫 번째의 **소란스러운 사랑이 아닌**, 타자를 통해 한계지어진 존재에서 흘러나와 밖에 있을 수 있도록, 서로의 존재 저 깊이 머물며 책임지는 '침묵'의 사랑이다. 그리고 '두 번째 사랑'을 가능하게 하며 '두 번째 사랑'과 함께 가는 삶이, 곧 '두 번째 삶'이다.

그렇다면 두 번째 삶이란 좀 더 구체적으로 어떠한 삶인가? 왜 두 번째 삶이 필요한가? 어떻게 우리가 사는 첫 번째 삶에서 나와 두 번째 삶으로 나아갈 수 있는가? 어째서 두 번째 삶이 두 번째 사랑을 가능하게 하는가?

　이러한 성찰의 의의는 F. 줄리앙이 스스로 밝혔듯,[110] 유럽 또는 서양 사유의 유전적 형질이라고 할 존재론적 사유의 한계지음에서 벗어나, 즉 '존재론적 형이상학(la méta-physique)'이 아닌, 그러나 이를 부정하거나 비판할 목적이라기보다는, 그렇다고 사유적 타자로서 중국 사유와의 간격을 밝히면서 그것과 비교함이 목적이 아닌, 그것 이전의, 그야말로 태초의 고대 그리스인의 '**형이상학(le métaphysique)**'[111]적 물음으로 거슬러 올라가, 또는 이에 회귀하여 어떠한 한계지음도 없이 성찰해 보고자 함이다. 그래서 삶에 마주하여 실존하고자 하는, 다시 말해 끊임없이 한계지어진 존재 밖으로 나와 새로운 질문을 던지고 사유해 보고자 하는 철학자 본연의, 나아가 '자유'를 지향하는 존재로서의 인간 본연의, 그 진정한 의미에서의 '실존'의 사명을 실천하고자 함이다.

---

110) *Près d'elle*, p. 118.
111) 이는 기존의 존재론적 형이상학과 구별되는 것이다. F. 줄리앙은 존재적(공간적)으로 한계지어짐 없이 사유해 보려는, 기존의 존재론적 형이상학과 다른 형이상학이라는 의미에서, 실재 저 너머의 초월을 의미하는 méta에 의미를 부여하지 않고, 형이상학적 물음 자체에 중점을 둠으로써, 본래의 여성관사 대신 남성관사를 붙여 기존의 존재론적 형이상학과 간격을 둠을 의미하고자 "la métaphysique"이 아닌, "le métaphysique"으로 쓰고 있다.

다음의 F. 줄리앙의 끝말을 요약하며 이 장을 맺어 보고자 한다 : 왜 둘이 함께 살아야 하냐고 묻는다면, 이 물음은 정치적이거나 윤리적인 문제를 넘어, 형이상학 본연의 물음으로 향한다. 즉 함께 삶은 본질적으로는, 누군가를 옆에 두며 서로 도우며 살아가기 위함도, 보호받기 위함도 아닐 것이다. 이는 '거기 있음'의 틈(균열), 즉 현존재의 불투명함, 다시 말해 현존재의 정체됨 내지는 고착됨으로부터 나와 밖에 있기 위함일 것이다 : 깊고 깊은 친밀한 나의 타자와의 관계를 통해 존재의 자연스러운 넘쳐흐름은, 세상의 한계지음으로부터, 그 한계지음의 갇힘에서 자유로워질 수 있게, 진정한 의미에서 실존할 수 있게 할 것이기 때문이다.[112] 루크레티우스의 경이로운 하늘과 같이, 거기 있었지만 나에게 드러나지 않았던 파랗디 파랗던 하늘을, 흩어지는 까아만 밤하늘을 이윽고 볼 수 있게 말이다.

---

112) *Près d'elle*, pp. 118~119.

4. 두 번째 삶에 관하여

1) '드러냄·벗어남·나옴(le dé-gagement)'에 관하여

'실존'이란 밖에 있는 존재로서, 실존적 삶은 두 번째 삶으로 인
도한다. 곧, 두 번째 삶이란 실존의 삶이다. 밖에 있는 존재란 하
나의 관념에 닫혀 있거나 갇혀 있지 않고, 이로부터 '나와 있는'
존재이다.[113] 그럼으로써 실존이란 사물들이나 **연장(延長)된** 것
들의 경계지음이나 한계, 목적이 가지는 협소함에서 벗어나, 그
것들에 삶을 은폐하지 않고 삶 자체를 드러나게 함으로써, 세계
와 사물들을 다르게 또는 새롭게 볼 수 있는, 죽은 삶이 아닌 생생

---

113) *Une seconde vie*, p. 117.

한 삶을 마주하는 것이다. 그리하여 삶에 숨어있는 무한한 가능성, 삶의 자원들을 펼치는 삶이다. 이것이 바로 '두 번째 삶'이다. 다시 말해 두 번째 삶은 단지 반복되는, 되풀이되는 삶이 아닌, 새롭게 삶을 마주하는 생생한 삶이다. 이러한 두 번째 삶에서는 실재를 초월해 있는 완전한 진리의, 다른 세계를 상정하지 않고도, 즉 세계를 이원화시키지 않고도, 존재의 차원에서 그 진정한 의미에서—한계짓는 존재가 아닌, 한계지음 밖에 있는 존재로서—실존의 삶이 가능하다.114) 그런데 두 번째 삶으로서의 실존적 삶이 가능함은, 단순히 '통찰력(la perspicacité)'이나 '꿰뚫어 봄 (la pénétration)'이 아닌 '밝음(la lucidité)'을 터득함으로써, 즉 밝아지면서 가능하다.

의식이 세상과 사물들의 존재의 한계지음이나 연장(延長)됨에 매이거나 편협되지 않고, 이것에서 벗어나 그 진정한 의미에서의 실존에 다가섬은 세계에 대해 의식이 '밝아짐'으로써, 또는 '밝음'을 터득함으로써 가능하다. 한편, 이러한 실존의 '벗어남'의 의미는 고대 그리스의 사유에서는 철학적 개념으로 발전하지 않았기에 사유의 두 축, 윤리적 영역의 '절대 선'이나 지성적 영역의 '절대 진리'와 관련해서 언급될 수 없다 : '벗어남'은 개별 목적이나 영역에서 벗어남을 의미하면서 분화된 특정한 것이 아닌, 그 자

---

114) *Une seconde vie*, p. 117.

체로서 내용을 가진다.[115] 즉 앎이나 행위로서 국한되지 않으며, 속성을 찾고 부여하며 한계짓고 정의를 내리는—이론적인 것과 실천의 문제로 나뉘는—사유의 대상이 아니다. 그럼으로써 '벗어남'은, 플라톤이 말한 동굴의 비유와 같이, 동굴에서 나오거나 벗어남을 의미하는 것이 아닌, 다시 말해 동굴을 벗어나 이성의 빛을 향해 나아감으로써 절대적 진리로 나아감이 아닌, 다음의 세 가지로 '벗어남'의 의미를 본다 : 우선 언급했듯, 세계를 형이상학적인 큰 틀에서 나누어 보지 않음에서, 즉 감각적인 것과 지성적인 것으로 구분하여 상정하여 보지 않음으로써, 세계를 사유의 '추상 작용(l'abstraction)'을 통해 보지 않는다는 것이고, 그래서 '벗어남'은 동굴의 비유에서처럼, '탈출'이 필요하거나 '시선을 전환'함이 아니라는 것, 즉 전혀 다른, 이상 세계나 신적인 진리의 세계로 탈출함이 아니라는 것, 마지막으로 이러한 '벗어남'은 방향도, 그 목적지도 없다는 것이다. 목적이 상정되지 않으면서, 존재의 경계지음이 사라지면서, 주체의 자유로운 영역을 향해 갈 뿐이다. 그래서 '벗어남'을 통해 존재는 고양되어 올라가는 것이 아니라 확장되는 것이다.[116]

결국 '벗어남'으로 모든 목적이 사라짐으로써 '벗어남'은 그 자체로서 하나의 '통로'이자 '실현'이 되고, 이는 형이상학에 반(反)

---

115) *Une seconde vie*, p. 118.
116) *Près d'elle*, p. 120.

하는 용어가 된다.117)

　다른 한편 F. 줄리앙은 이러한 '벗어남'을 위한 전략적 방법을 피력하는데,118) 이는 자신의 언어 체계를 벗어나 봄에 있다 : 유럽 언어에 기반을 둔 입장에서는, 중국 사유를 중국의 언어를 통해 사유해 보는 것이다. 왜냐하면 '벗어남'은 앎이라는 절대적 진리에 관계하는 것이 아닌, '태도' 또는 '자세'로서, 삶의 방식이나 어떠한 자세를 취하는 방식이기 때문이다. 이는 예를 들어, 장자의 소요유(逍遙遊)와 같이 유유자적하게 노니는 그러한 것이다. 보이지는 않지만, 섭생(攝生)에 절대적 영향을 주고 흐름을 바꾸는, 끊임없이 풍화시키고 정화시키는, 관통하는 '바람'과 같다.119) 그리하여 F, 줄리앙이 중국 사유에 접근하는 동기를 정확히 알 수 있다 : 중국의 사유를 철학의 관념적, 형이상학적 사유 체계의 대(對)가 되는 사유로서 고찰하면서, '비교'가 아닌, 사유의 '타자'로서 마주하여 봄으로써, 자신의 유전적 형질과 같은 사유를 들여다볼 수 있는, 즉 간과하거나 소홀했던 사유의 주름을 발견하고, 익숙해진—F. 줄리앙의 절규처럼 익숙함이 곧 앎은 아니기에—서양의 존재론적 사유에 대해 새롭게 성찰해 봄에 그 동기가 있겠다. 이는 지혜를 사랑하는 학문으로서의 '철학'이 단순히 철학

---

117) *Près d'elle*, p. 121.
118) *Près d'elle*, p. 121.
119) *Près d'elle*, p. 121.

자체로서 대상적 앎이 아닌 '철학함'에 그 본질적 의미를 두고 있다면, 그래서 철학은 답을 찾는 것보다는 세계에 대해 끊임없이 질문하고 의문을 품는 '철학함'의 여정이라면, 철학자로서 이러한 사명이야말로 가장 중요한 것이기 때문이다. 그리하여 철학자는 어떠한 한계지음에도 종속되거나 귀속되지 않고, 즉 존재의 한계지음 밖에 있는 존재로서, 다시 말해 진정한 의미에서의 '실존'적 존재로 사유하고 성찰하는 존재로서, 한계지어지는 사유 밖으로 끊임없이 나와 사유해 보아야 하는 사명을 지니기 때문이다.

이에 F. 줄리앙은 서양의 사유에 대가 되는 중국의 사유를 통해, 유럽의 철학자로서 은폐되어 억압되거나 간과된 부분들이 무엇인지 성찰하고 그 주름진 부분을 드러내어, 새로운 사유의 자원을 찾고 발전시킴으로써, 새롭게 사유해 보고자 한다. 그리하여 유럽의 존재론적 사유에서 소홀하였던, 오랫동안 구겨져 있었던 사유로서, 관념화되어 추상화된 사유가 아닌, '삶'에 대한 사유로 시선을 재전환한다 : '삶'은 절대적 진리로서의 '앎'에 관계하지 않는다. '삶'에 관계해서는, 실재의 세계를 추월해, 또는 초월해, 완벽한 진리의, 이상의 관념적 세계로의 시선의 전환이 요청된다기보다는, '삶'은 '있음' 자체, 즉 '현재'의 연속임으로써, 계속하여 부딪히고 뚫고 나아가는 것(경험)이며 살아내야 하는 것이다. 각각의 주체는 같은 실재에 있더라도, 모두 각각 다르게 경험하며 삶을 살아낸다. 삶은, 외적, 내적으로 한계지어지는 온갖 것들에서 벗어나 진정한 의미에서 자유로운, 밖에 있는 존재, 즉 실존적 주체로서 마주할 때, 생생하게 다가오며 나는 비로소 현재를 펼친다.

　이렇게 벗어나 있는 삶은 자연과 합일하는 경지에서 그리고 쓰는 수준 높은 화가나 시인과도 같아서, 예술인인 동시에 자유인의 삶이며, 그리하여 삶은 윤리적인 범주에 있는 동시에 미학적 범주에 있다[120] : 이러한 삶은 삶에서 나와 삶을 봄으로써 전혀 다른 것을 봄이 아닌, 삶을 그 자체로 새롭게 볼 줄 아는 것이다. 그래서 F. 줄리앙이 자신의 사유를 환기하는 것처럼, 유럽의, 서양 철학과 간격이 있는 사유로서 밖의, 중국의 사유를, 중국어를 통해 공부해 봄은 이를 위한 좋은 훈련이 된다. 이러한 '밖에 있음', 즉 한계지음 밖으로 나와 있는 삶이란, '밖'이라는 속성이 구축됨으로써 '안'과 대립한, '안'과 상반한다는 의미로서의 '밖'도, 그렇다고 다른 세계로서의 '밖'도 아니다. 여기서 F. 줄리앙이 피력하는 '밖'의 의미는 특정한 관념이나 견해에 집착하거나 속박되지 않는 상태로, 그렇다고 이를 통합하거나 전혀 다른 세계로 전환하지 않는다. 단지 두 번째 삶으로 이어질 뿐이다.

　말하자면 언어는 끊임없이 한계짓기 때문에, '밖에 있음'은 어떠한 관념이나 억견에 편향되거나 구속되지 않고, 또는 얽매이지 않고, 그래서 깨어있는 존재라는 의미로서의 밖에 있는 존재를 말할 뿐이다 : 중국의 도가 사유에서는 역설적으로, 또는 수사학

---

120) *Une seconde vie*, p. 122.

적 표현으로 이러한 '밖에 있음'을 말하지만, 사실 한계짓지 않기 때문에 '밖'도 '안'도, 밖으로 벗어날 것도, '안'에서 통합할 것도 없다 ; '무미(無味, la fadeur)'가 맛없는 맛으로서의 무미가 아닌, 끝없는 맛으로서의, 무한한 맛의 바탕으로서의, 밥맛과 같은, 그 자체로 두드러지는 맛은 아니지만 그 어떤 찬과도 어우러지는 뭐라 말할 수 없는 저 너머의 질리지 않는 맛으로서의, 한계지을 수 없는 저 너머의 맛으로서의 맛인 것과 같다.121)

'나와 있음'이란, 나를 경계짓고 옭아매고 구속하는 온갖 것들에서 벗어나 있을 뿐만 아니라, 다른 한편으로 존재가 자유로워지는 영역을 찾으려 새롭게 시도해 보는 것이다. 시야를 가리고 있던, 막고 있던 시야의 지평에서 나옴으로써 매몰되어 있던, 섞이고 감춰져 있던, 주목하지 못했던 것을 들여다보며 가치를 부여하는 것이다. 달리 말하면 존재의 '드러남(le dé-gagement)'이다. 그래서 이러한 여정은 전혀 새로운 것을 만들거나 다른 것을 필요치 않으며, 이미 있는 자원을 발굴해 내는 것, 감춰져 있던 자원을 펼치는 것이다.122) 그리하여 그 의미는 그 자체로서 고유한 의미와 이에 따른 파생적 의미도 함께 지닌다 : F. 줄리앙이 든 첫째의 고유한 의미로서 '드러냄'은 궁중 옷차림의 예법에서 가

---

121) F. JULLIEN, *Éloge de la Fadeur*, Philippe Picquier, Paris, 1991 참조.
122) *Une seconde vie*, p. 116.

승과 어깨를 드러내는 것에서 그 파생적 의미로 생각을 드러낸다
고 할 때도 쓰일 수 있는 것이다.[123]

　사실 '드러남'은 윤리학적 용어이기도 하므로 이론화나 관념화
를 거칠 필요 없이 그 자체로 '벗어남', '나옴'을 의미하면서 '실존'
의 사명을 말할 수 있다. 앞서 언급했듯 '실존(l'ex-istence)'은 밖
에 있는, 밖에서 지탱하고 있는—se tenir hors—존재로서, 여기
서 '밖에서 지탱함'이라 함은, 목적이 갖는, 또는 사물의 **연장(延
長)**이 갖는 협소함으로 인해 하나의 세계에 갇히고 닫혀 있게 됨
으로써 삶이 끊임없이 드러나고 자유롭게 펼쳐지는 것을 힘들게
하기에, 존재의 한계지음에서 벗어나 있음을 말한다. 목적 또는
대상의 한계지음, 공간을 갖는 모든 것, 즉 **연장(延長)**은 정착과
정체를, 진부함과 단조로움을 야기한다. '실존'은 그 자체로 전혀
다른, 현세에 없는 이상적 삶도, 진리의 세계도 아닌, 하나의 세계
에 또는 목적에 얽매이고 정체된 첫 번째 삶에서 나옴 또는 벗어
남이며, 삶 자체에 잠재된 삶의 근원 또는 자원들을 드러낼 수 있
게 함으로 시작되는 삶이다. 이것이 바로 두 번째 삶이다. 그래서
두 번째 삶은 첫 번째 삶에서의 숱한 시도와 경험들을 거쳐 밝아
지면서 서서히 다다르는 삶이다. 이렇게 다다르게 됨은 밝음이
개념으로서가 아닌, 삶의 방식으로서 자연스레 흡수되면서 가능

123) *Une seconde vie*, p. 116.

한 것이다. 그럼으로써 '드러냄', 또는 '나옴', '벗어남'은 절대 선도. 절대적 진리도 그 목적으로 삼지 않는다. 즉 이는 도덕적 개념으로도, 지성적 개념으로도 한계지어지지 않는다.124) 실존적 삶을 그저 이행할 뿐이다.

결과적으로 요약해 보자면, '드러남'과 '나옴', '벗어남'을 의미하는 프랑스어 'dé-gagement'의 'dé'는 나누거나 분배하여 '장소화'하는 것에서 탈피하여 개별적인 목적이나 영역에 제한되지 않음으로써, '드러남(le dé-gagement)'은 그 자체로 분화되지 않는 내용을 담은 '일반성'과 기능적인 '운행성'에 무게를 둔다. 철학의 유전적 형질인 앎과 행위를 목적으로, 이를 이론과 실습의 영역으로 세분화하지 않고, 그리하여 모순되지 않는 명제를 구축하기 위해 형이상학의 개념 작용이 개입하지 않는 대신, 하나의 '운행성'이 있다. 여기서 '운행성'이란 하나의 세계에서 다른 세계로 나아가는 것이 아닌, 그래서 자신의 세계를 놓아버리거나 포기하는 것이 아닌, 축적된 경험들로부터 자연스레 '밝음'으로 나아가게 하는 '운행성'이다 : 자신의 존재를 한계짓거나 옮아매었던 것들에서, 즉 나의 존재를 고착시켰던, 자유롭지 못하게 했던 것에서부터 '나옴', 또는 '벗어남'을 통해, 동시에 자신의 '존재'의

---

124) *Une seconde vie*, p. 114 : F. 줄리앙은 'dégagement'의 의미를 직접적으로 언급한다.

'드러남'을 통해, 자신을 경계 지었던 시선으로부터 해방됨으로써 자유로워지는 것이다. 이는 F. 줄리앙이 앞서 피력했듯, 동굴에서 이성의 밝음으로 전환함이 아닌, 즉 어느 날 갑자기 진리의 세계로 '나옴'이 아니며, 그럼으로써 현 세계와 전혀 다른 이상 세계를 상정하고, 절대적 이상의, 진리의 세계로 전환하는 것이 아니다.125) 다시 말해 '드러남'은, 추상의 산물이 아니며,126) 즉 세계를 감각계(보이는 것)나 지성계(보이지 않는 것)로 나누어 상정함으로써, 사물의 본질로서 지성계를 지향함이 아닌, 지금 여기 있음의 '불투명함'에서 '나옴'이며, '벗어남'이며, 그리고 현재의, 삶의 '드러남'이다. 결국 '나와 있음' 또는 '벗어남', '드러남'은 다른 세계로 탈출하거나 갑작스러운 시선의 전환이 아닌, 그래서 방향이나 목적지가 상정되어 나아감보다는, 자신의 존재와 삶의 자원들을 발휘함에 그 무게 중심을 두면서, **삶의 '고양(高揚)'보다는 삶의 '확장'에 그 의미를 두는 것**이다 : 시선이 한계지어짐 없이 확장되고, 막혔던 시선이, 또는 짧았던 시선이 트이게 되면서 진리의 문제에 관계하기보다는 존재의 한계지음에서 '나옴' 또는 '벗어남'을 통해 존재를 한계짓지 않고 그 자체로서 드러냄으로써, '있음'의 '삶의 방식', 삶에 대한 '자세'의 문제에 관계한다.

125) *Une seconde vie*, p. 120.
126) *Une seconde vie*, p. 120.

더 나아가 '나옴' 또는 '벗어남'은, '철학함'의 자세와 연결하여 생각해 볼 수도 있다 : F. 줄리앙은 시선이 밝아지고 트이게 됨이 가능한 방법론으로서, 익숙해져 고착된 범주를 벗어나 봄을 말하는데, 이는 공시적, 통시적으로, 즉 지형학적으로나 역사적으로 서로 오랫동안 영향을 주고받음 없이 생성, 유지, 발전해 온, 유럽의 사유와 간격이 있는 중국의 사유—예를 들어 역설과 아이러니가 가득한 수사가 특징인 장자의 사유—와 이에 관련된 예술을 공부해 보는 것이다. 그림을 그릴 때, 유럽에서는 고전적 의미에서 '재현(la représntation)', 즉 '미메시스(mimésis)'에 입각하여 극적으로, 상징적으로 그대로 재현해 냄에 그 의미를 두는 반면, 중국에서는 예술 행위에서조차 그림을 그리는 그 자체가 목적이 되지 않는다 : 흔히 사군자에서 "난을 그린다"고 하지 않고 "난을 친다"고 하듯, 대상을 고정한 채 그대로 재현해 상징화함이 아닌, 그리는 주체가 대상이 되는 물(物)과 **물아일체(物我一體)** 가 됨으로써 한껏 흥이 오를 때를 기다렸다가, 자신의 에너지에 따라, 말하자면 자신의 존재를 끌어내어 무한히 자유로워진 상태에서, 붓이 그 자유로워진 존재의 에너지에 따라 놀려지게 한다. 그래서 그림을 그림은 형상을 재현하면서 복사하는 것이 아닌, 한계지어진 존재의 정체됨에서 나옴, 또는 나오게 하는 일련의 행위가 된다. '두 번째 삶'은 바로 이러한 존재의 한계지음에 갇히지 않고, 자신의 한계지어진 존재에서 벗어나 자유로이, 자신의 있음을 펼치는 실존적 삶이다.

이렇게 온갖 한계짓는 것들, 관념이나 편견, 억견에 점착된 채 묶여 있었던 것들로부터 '나옴'은, 삶의 자원들을 무한히 펼치는 두 번째 삶을 시작하기 위한 바탕을 마련한다. 그리고 이러한 한 계지어져 불투명해진 현재에서 '벗어남'은, 곧 '밝음'으로 인도된 다. '벗어남'은 '실존'을, '밝음'은 '실재'를 마주 보게 한다.[127] 그런 데 F. 줄리앙이 말하는 '밝음'이란 무엇인가?

2) '꿰뚫어 봄/통찰력'이 아닌 '밝음/밝아짐'으로

두 번째 삶은 '**밝음**(la lucidité)'을 통해 인도된다. '두 번째 사랑'은 '두 번째 삶'에서 가능하다. 한계지음 밖에서 나누는 그야말 로 실존적 사랑이기 때문이다. 두 번째 삶에 다가가기 위해 터득 해야 하는 '밝음'이란 무엇인가? '밝음'은 밝아지는 것이다. 그래서 '밝음'이란 단번에 획득되는 것이 아니라, 삶의 '지속' 안에서 오랫동안 경험하면서, 삶을 '겪어' 내면서, '지나온' 경험의 세월을 통해 '터득'되는 것이다. 그래서 '밝음'은 유럽의 언어 체계가 부여 하는 주체의 능동과 수동의 이분법적인 대립적 구도의 한계지음 에서, 주체의 목적적인, 의도적 행위에서 나옴으로써 가능한 것 이다. 이에, '시도'로서의 첫 번째 경험보다는, 몇 번이고 되풀이

---

127) *Une seconde vie*, p. 106.

할 수 있는 다음의, 두 번째 경험에서 이들이 쌓이면서 '밝음'에 다가간다. **비슷하게 쓰이는 어휘로 '꿰뚫어 봄(la pénétration)' 과 '통찰력(la perspicacité, la clairvoyance)'이 있는데**, 다음과 같은 면에서 '밝음(la lucidité)'과 동의어로 쓰일 수 없다 : 앞의 둘 은 '정신'에 관계하는 반면, 후자는 '의식'에 관계한다.128) 말하자 면 앞의 둘은 사유가 맞닥뜨릴 수 있는 당황스러움을 극복하는 데 쓰이는 '정신'의 능력인 데 반해, 후자는 의식적이거나 무의식 적인 온갖 교조적 관념에서 벗어나 실재를 그 자체로 볼 줄 아는 '의식'의 능력이다.129) 그래서 '밝음'은 우리가 혼동해서 잘못 생 각할 수 있는 의식의 '불분명함(une indistinction)'에서 나오는 것이다130) : 난관에 부딪혀 겪어온 모든 부정적 경험이 '밝음'을 터득하게 하는 것은 아니며, 이것들이 경험에 대한 외적, 내적인 부분들과 함께 소화될 때 아주 점진적으로, 서서히 '밝음'에 다가 가는 것이다.131) 구체적으로, 외적으로 강제되는 것들과 내적으 로 이를 수행하고 책임지는 자기 성찰적 자세가 함께 어우러졌을 때, 수많은 경험을 통해 실재에 다가갈 수 있는, 실재를 그 자체로 볼 수 있는 '밝음'에 다다를 수 있다 : 개별적으로 주체의 열망이 나 욕망이 투영됨에서부터, 나도 모르게 의식에 주입된 선과 악

---

128) *Une seconde vie*, p. 96.

129) *Une seconde vie*, p. 96.

130) *Une seconde vie*, p. 96.

131) *Une seconde vie*, pp. 96~97.

에 대한 도덕적 믿음들로부터, 언어를 통해 안착된 관습이나 절대적 진리를 향한 참과 거짓에 대한 형이상학적 수행으로부터 서서히 벗어나 자유로워지면서, 실재를 그 자체로 마주할 수 있는 용기가 생긴다. 그럼으로써 다음의 세 가지—첫 번째로, 개별적 처신, 즉 정신분석학적으로, 심리학적으로, 자신이 원하는 방향으로 상황을 해석하려는 욕망의 투영으로부터, 그리고 두 번째로, 실재와 의식 사이에 있는 온갖 교조적 관념들로부터, 세 번째로, 논증과 추론을 통해 결론짓는, 형이상학적 사유에서의 세계를 이원화시키는 것—에서 벗어남을 말한다.132)

사실 실재를 마주하여 봄은 쉬운 것이 아니며, 엄청난 용기가 필요하다. 이것이 단순히 개인의 의지 문제나 윤리적 결단의 문제만은 아닌 이유이다 : 우선 실재를 볼 수 있음은 앞서 언급한 대로, 실존적 차원에서 시선을 가리는 온갖 가림막들을 걷어내야 하는데, 그 자체가 쉬운 문제가 아닌 데다가, 실재를 마주할 수 있다고 하여도 마주함은 언제나 달갑지 않은 진실을 마주하게 되기 때문이다. 그리하여 이러한 힘듦은 나의 사람됨이나 성찰이 부족해서 그렇기보다는, 실재 자체를 마주함이, 또 마주하고서도 마침내 보기까지, 즉 인식하기까지 많은 용기가 필요하기 때문이다. 바로 이 점에서 '밝음'은 지성이나 지식(또는 앎), 그리고 '밝

132) *Une seconde vie*, p. 98.

음'과 비슷한 동의어로서 앞서 언급한 '꿰뚫어 봄'과 '통찰력'과는 구분된다 : 지성이나 지식(또는 앎), 그리고 정신의 작용과 관계되는 '꿰뚫어 봄'과 '통찰력'에 관계해서 우리는 언제나 더 많은 능력을 갖추기를, 소유하기를 욕망하는 반면, '밝음'에 대해서는 원초적 혼동의 상태에 머물기를, 즉 불분명한 채로, 모른 채 있기를 바란다.133) 그래서 더 정확하고 솔직하게 말하자면, 우리는 온전한 실재를 마주하고 있지 않음을 인식할지라도 굳이 그것이 밝혀지기를 원하지 않는다. 물론 F. 줄리앙 자신도 실재를 보는 것에서 자신을 보호하고 싶음을, 다시 말해 실재를 마주함에 대한 두려움을 고백한다.134) 어떠한 것으로도 꾸며지지 않는 실재 그대로를 봄은, 실재를 마주함으로써 파국을 맞이하게 된, 즉 의도치 않게 친아버지를 죽이고 친어머니를 자살하게 만드는, 눈이 멀게 된 오이디푸스의 예를 F. 줄리앙이 떠올리듯, 의심할 것 없이 참 두려운 일이다. 말하자면, 오이디푸스의 이러한 실재는, 원하지 않았음에도, 안간힘을 다해 피하려 했음에도, 결국 자신의 의지와는 상관없이 운명의 굴레라고 할 수밖에 없는 것들과 얽히고설키면서 결코 마주하고 싶지 않았던 삶의 실재를 마주하는 사례이다. 그런데 이는 생각했던 대로 전개되지 않는, 비상응함의 연속인 삶에서 간절히 노력했음에도, 결단코 원하지 않았음에도 마주

---

133) *Une seconde vie*, p. 97.

134) *Une seconde vie*, pp. 96~97.

하게 되는 실재이기도 하다. 그 무엇으로도 단장되지 않는, 이러한 쨍한 실재를 마주함은 결코 쉬운 일은 아니며, 엄청난 용기를 필요로 한다.

'진리'는 형이상학적 수행을 통해 세계를 이원화하면서 실재 저너머에서 그 존재를 드러냄으로써 그것을 봄이 가능하지만, '실재'는 걸러진 '경험', 즉 경험이 축적되면서 걸러지고 걸러짐을 통해, 다시 말해 경험이 쌓이면서 가공된 실재가 아닌, 실재 그대로의 모습에 다가서게 된다. 그래서 '밝음'은 불분명함에서 분명하게 된 의식의 상태로, 걸러져 정화되어 명확해진 경험, 다시 말해 반복되는 **'두 번째 경험'**으로부터 점진적으로, 자연스레 귀결되는 것이다.135) 그리하여 '밝음'은 '밝아짐'이며, 이러한 '밝음'은 시험하며 새롭게 도전하는 '첫 번째 경험'이 아닌, 반복이지만 분명히 첫 번째와는 다른, 경험이 반복되면서 점차 걸러지는 '두 번째 경험'을 통해 터득되는 것이다. 즉 경험의 걸러짐을 통해, 즉 반복되면서 시간의 지속과 함께 축적되어 점진적으로 '실재'에 다가서게 되면서, 이것이 나의 의식에 통합되는 동질화의 과정을 거치면서 '밝음'에 다다르게 되는 것으로, '밝음'은 파생적인 것이다. 이는 처음부터 그 한계를 명확하게 하면서 투사시키며 사물에 대해 객관적으로 파악함으로써 '앎'에 도달하는 여정과는 다른 것이다 : 비

---

135) *Une seconde vie*, p. 96.

상응함의 연속인 '삶'은 '실존'이며, 이에 어떠한 한계지음에도 묶이지 않으면서, 예기치 않는 경험들이 반복되고 새롭게 계속하여 축적됨을 통해 경험들이 걸러지고 확장하면서 도달하게 되는, 즉 '두 번째 경험'을 통해 '앎'이 아닌, '밝음'에 다다른다.

　이러한 '밝음'은 나이가 들면서 담대함이 사라지면서 한계지음에서 벗어나 새로운 것을 시도하는 것보다는, 이미 확립된 기존의 것으로 돌아가는, 다시 말해 믿음이나 견해의 (진보에서 보수로의) 단순한 변화나 교환, 또는 새로운 고착으로 나아감도 아니다. '밝음'은 후퇴해 있던 진리, 말하자면 보이지 않았던 진리가 드러남으로써 다다르게 되는, 결과가 보장되지 않는 확신으로부터 출발한다[136] ; 구축하고 새롭게 추가하면서 진리로 가는 것이 아닌, 감추어져 있던 '경험'의 역량이 아주 조금씩 드러나면서, 다시 말해 '경험'이 축적되어 아주 조금씩 그 접점들이 교차하면서 점진적으로 드러나는 것이다. 이는 주체의 의지로 목적을 두고 경험을 축적하면서 앎을 지향함이 아닌 경험이 무한히 축적되면서, 즉 경험을 통한 앎이 좀 더 확고하게 나도 모르게 강화되면서 드러난다. 그래서 설득함으로써가 아닌, 경험에서 얻은 앎이 강화되면서 밝음에 서서히 다가서게 되는 것이다. 이러한 후자의 앎에 대한, 즉 밝음의 여정은 사색적인 동사, '의심하다'가 아닌,

---

136) *Une seconde vie*, p. 106.

경험의 동사, '무릅쓰다'에서 출발한다.[137] 그렇다면 본질적으로 **'경험(l'expérience)'**이란 무엇인가?

3) 두 번째 경험과 두 번째 삶

F. 줄리앙에 의하면 '경험'과 관련하여 두 가지 형식으로 생각해 볼 수 있다. 우선 어원적으로 접근하면, '경험'의 라틴어 어근, 'per'는 '뚫음'과 동시에 '나아감'이란 뜻이 있다[138] : '위험'이란 뜻의 라틴어, 'periculum'도 동일한 어근을 가지고 있다. 독일어, 프랑스어, 이탈리아어, 스페인어 그리고 영어 등의 유럽어에서 '경험'이란 그 일차적 의미에서 위험을 무릅쓴 채 부딪히는 '시험', '시도' 의미와 '실습'이나 '실험'의 의미로서 객관적 지식, 즉 앎을 향한 하나의 단계로서의 의미를 지닌다.[139] 전자는 삶의 체험과 직접적으로 연결된 의미이지만 처음으로 시도하는 경험이고, 후자는 앎을 얻기 위해 기획된 실험이나 실습의 한 단계일 뿐이다. 전자인 시도로서의 경험과 후자인 앎에 종속된 단계로서의 실험 또는 실습으로서의 경험은 모두 '드러나는' 경험으로서 F. 줄리앙은 이를 첫 번째 유형의 경험, 또는 첫 번째 경험이라 일컫고, 두 번째 유형의 경험, 또는 두 번째 경험이란 드러나지 않은 채, 보이

137) *Une seconde vie*, p. 107.
138) *Une seconde vie*, p. 77.
139) *Une seconde vie*, p. 74.

지 않지만 나도 모르게 시간의 지속과 함께 저 기저에서 축적되는 경험으로서 구체적으로 '잠겨있는' 경험이라고 말한다.[140] 전자는 그 목적이 명확하게 한계지어져 있으면서 능동적이고 투영적인(또는 한계지어짐을 투사하는) 의미로서의 경험이며, 후자는 집약적이고 축적적인 의미로서 시간과 함께 나도 모르게 쌓이는, 어느 순간 뒤를 되돌아보면서 인식하게 되는 경험이다. 결국 경험 속에 이 두 가지 의미가 함께 포함됨은, 어근 'per'를 바탕으로, 라틴어, 'experior, experientia'와 그리스어, '**peira, peirân**'을 통해서도 짐작해 볼 수 있다.[141] 종합하면, 경험은 시도하고 시험하는 그러한 첫 번째 경험으로부터, 감수하고 겪어 내는 두 번째 경험으로 나아가며, 이 두 유형의 경험은 단절되고 분리된 것이 아닌, 함께 가는 것이다.[142] 사실 경험을 이해하기 위한 이러한 임의적인 의미의 분리는 매우 조심스러운 것이다 ; F. 줄리앙에 의하면, '경험'이란 말의 의미는 언어에 아주 근본적으로 그 닻을 내리고 있기에 언어에 뿌리 깊이 박혀있고, 그래서 반대로 그 언어로부터 따로 분리하여 개념적으로 생각할 수 없다.[143] 그리하여 불만족스러워도 어쩔 수 없이 제한적으로 성찰해 볼 수밖에 없는 고충을 토로한다. 전자는 그럼으로써 실험적 의미의 경험으

---

140) *Une seconde vie*, p. 74.
141) *Une seconde vie*, pp. 75~76.
142) *Une seconde vie*, p. 77.
143) *Une seconde vie*, p. 75.

로서 '앎'을 그 목적으로 지향하며, '과학'이 그 가장 적합한 형태의 이상으로서 자리매김하는 반면, 불분명한 후자는 유럽의 근대화에 성공을 가져온 전자의 그늘에서 소외되기 시작한다. F. 줄리앙은 바로 이러한 점에 주목하면서, 도외시하고 소홀히 했던, 그래서 간과해 버렸던 '두 번째 경험'의 중요함과 그 의미에 대해 환기하면서 이를 되살리고자 함이다.

  그렇다면 한국어로 경험(經驗)이란 무엇인가? 그 사전적 의미로서 '경험'이란 일차적으로, 해보거나 겪어보는 것으로, 여기서 얻은 지식이나 기능도 아울러 말한다 ; '경(經)'은 '지나다, 통과하다'의 의미이고, '험(驗)'은 '시험'이나 '실제로 경험함'의 의미로서 시간과 함께 쌓이고 축적되어 온 것의 집약체로서, 직접 시도 또는 시험해보는 것도 함께 의미한다. 이는 F. 줄리앙이 경험의 의미를 두 가지 의미로 해석하면서 언급한, 두 가지 의미를 드러내는 다음의 동사, 'traverser'와 일맥상통한다.[144] F. 줄리앙이 말한 'traverser'의 의미는 저항을 **'뚫고(pénétrer)'**, 상정된 거리를 **'통과하다(parcourir)'**라는 뜻이다.[145] 그래서 한국어에서도, 유럽의 다른 언어들과 전체적으로 맥락을 같이하면서, 전혀 다른 의미로 해석되지는 않는다. 다만, 유럽어에서 '경험'은 시험, 시도 또

---

144) *Une seconde vie*, p. 77.
145) *Une seconde vie*, p. 77.

는 실습의, 한계가 명확히 지어지는 목적적 의미로서, 첫 번째 유형의 경험을 주요하게 다루는 반면, 한국어에서 '경험'이란 일반적으로 시간의 '지속'과 함께, 저 기저에서 드러나지 않으면서 의식조차 없이 쌓이는 두 번째 형태의 경험에 무게를 두며, 이 두 번째 형태의 경험을 더 포괄적 의미로 여긴다. 그 결과, 유럽에서 첫 번째 (유형의) 경험의 중요성은 과학의 발전과 함께 유럽의 근대화를 이끌면서 시대를 선도했음에 있으며, 첫 번째 경험은 이렇게 눈부신 발전을 성취하게 되면서 지금까지 그 위엄을 떨치고 있다.

한편, F. 줄리앙이 말하는 '두 번째 삶'은 첫 번째 삶의 연장선에 있는 반복이 아니며, 첫 번째 삶과 같은 삶이지만 새롭게 시작하는 삶, 다시 말해 삶을 새롭게 보고 발견해 나가는 삶이다. 이러한 '두 번째 삶'은 '밝음'으로 나아가는 두 번째 경험에 그 바탕을 두면서[146] 모험적이고 혁신적 삶으로 나아간다. 왜냐하면 '두 번째 삶'은 그야말로 실존적 삶이며, 여기서 '실존'의 의미는 그 어떠한 한계지음에도 귀속되지 않는, 즉 온갖 한계지음으로부터 벗어나 있는, 밖에 있는 존재로서의 삶이기 때문이다. 그럼으로써 '밝음'이 '지혜'와 갈라지는 지점이 발생하는데, 이는 곧 '밝음'은 '두 번째 경험'을 통해 인도된 '밝아짐'에 만족하여 머물지 않고, 두 번째 삶으로 나아가게 하는 자원 내지는 원동력으로서 다시 새롭게 작

---

146) *Une seconde vie,* p. 79.

용하기 때문이다.147)

확실히, 파르메니데스 이후 존재와 사유가 동일시되면서, 정확하게 한계지을 수 없는, 의식하기도 애매한, 일상적인 성격을 띠기도 하는, 지속적으로 축적되는 두 번째 형태의 경험에 대해서는, 유럽의 사유에서 소홀하게 되었고 점차 외면되어 왔다.148) 이는 로고스의 이성주의가 모순적인 것을 명확하게 가려내어 절단할 수 있게 함으로써 객관적인 앎과 지식을 획득할 수 있는 의심의 여지 없는 가장 확실한 방법이었기 때문이다.149) 말하자면 경험은 이성 아래, 이성에 종속된 것으로서만 그 의미가 부여되어 온 것이다 ; 실험이나 실습을 하는 것도 가정이나 전제에 대해 확인하고 증명하는, 이미 주어진 논리에 뒤따르는 하나의 과정일 뿐이다. 첫 번째 유형의 경험이 지향하는 이상적 전형으로서의 과학의 확실한 가치 매김은 서양의 근대화를 선도적으로 이끌었다. 그러나 이성주의와 함께, '경험' 자체의 독립적 의미로서의 '두 번째 경험'의 중요성 또한 외면할 수 없다 : 로고스(이성)에 종속되는 첫 번째 유형의 경험은 F. 줄리앙의 언급처럼 일찍이 몽테뉴가 주목한 바, 삶과 사물들에 대한 비정형화된 다양함을 모두 포섭할 수는 없기 때문이다.150) 이에 덧붙여 F. 줄리앙은 '삶'과 관

---

147) *Une seconde vie*, p. 79.
148) *Une seconde vie*, p. 83.
149) *Une seconde vie*, p. 83.

련하여, '실존'과 관련하여 일반적인 추상화는 그것을 덮어 버리는 기만적인 부분이 있음을 말한다[151] ; '개념'으로 축소하고 포섭함으로써 일관적으로 정형화할 수 없는, 개별적 주체의 삶으로부터 나오는 생생한 경험들의 축적은 '지혜'에 다다르는 바탕이 되며, 이는 첫 번째 유형의 과학적, 즉 실험적 의미에서의 경험과는 다른, 즉 뒤돌아보았을 때 귀결되는 축적적 의미의 두 번째 유형의 경험이다. 이렇게 F. 줄리앙은 경험에 대한 몽테뉴의 논지를 뒷받침하며, 더 나아가 몽테뉴가 미처 구별하여 생각하지 못했던 경험의 유형에 대해 좀 더 구체적이고 근본적으로 접근한다 : 경험을 두 가지 형태로 나누면서 '첫 번째 경험'과 구별되는, 그동안 간과했던 '두 번째 경험'에 대해 주목한다. 그리하여 경험이란 '첫 번째 경험'과 '두 번째 경험'을 함께 아우르는 것이며, 위험을 무릅쓴 시도로서의 '첫 번째 경험'은 지속적으로 겪어가는 '두 번째 경험'으로 이어짐을 말한다.[152] 이러한 '두 번째 경험'은 '두 번째 삶'을 시도할 수 있는 바탕이 된다 : 처음에는 목적이 분명히 한계지어졌던 하나의 시도적 경험으로 출발했으나, 시간과 함께 경험이 점진적으로 축적되면서, 다시 말해 경험이 연장되고 겹겹이 쌓여 두꺼워지면서,[153] '의식'을 통해 경험은 걸러지고 걸러져, 삶은

---

150) *Une seconde vie*, pp. 83~84
151) *Une seconde vie*, p. 84.
152) *Une seconde vie*, p. 77, p. 85.
153) *Une seconde vie*, p. 87.

나도 모르게 침묵 속에서 아주 서서히 변화해 나가게 되고, 어느 순간 이전의 삶과 완전히 간격을 두게 됨을 통해 '두 번째 삶'은 자연스레 시작된다. 그래서 경험을 겪는 의식의 여정은 경험을 선별하고 이를 축적해 감을 통해 '밝음'으로 나아가는 것이다.154)

다른 한편 F. 줄리앙은, '의식'이 겪는 '경험'의 흐름으로서 헤겔이 명명한 '정신 현상학'은 엄밀히 말해 '경험'에 대한 현상학이 아니라고 본다 ; 다시 말해, 실질적으로 경험이 구성되고 경험으로서 받아들여지는 그 여정에 대해, 즉 실존의 가장 근저에서 경험의 현상성을 서술한 것이 아니라는 것이다.155) 말하자면, 이는 주체인 '나'와 객체인 '앎'의 대립적 구도 안에서, 정/반/합을 통해 초월하고 지양함을 통해 절대적 진리를 향해 계속하여 올라가는 변증법의 의미를 이미 내재적으로 의식에 부여함으로써, 의식이 겪는 실재적 경험의 여정에 대해 그 자체로서 주시하면서 서술하고 있는 것이 아님을, 목적이 이미 부여된 경험의 여정을 좇을 뿐임을 말한다.156) 그래서 '의식'이 겪는 '경험'의 현상성과 관련하여, 결과적으로 '경험'을 통해 드러나는 것이 아닌, '경험'은 이미 부여된 의미를 증명하는 '이성'에 종속된 것일 뿐이다. 결국 '경험'의 현상성의 의미는 '경험'을 통해 '확인하는' 의식의 여정이 아닌, 실재

154) *Une seconde vie*, p. 86.
155) *Une seconde vie*, p. 89.
156) *Une seconde vie*, p. 90.

적으로 '경험'을 '축적해 나아감'을 통해 그 의미에 다다르게 됨으로써 이것이 결과적으로 드러나는 것이 되어야 함을 말한다.[157] 그리하여 실질적 의미에서 정신 현상학이란, 객관화되고 추상화된 경험에 대한 의식의 여정이 아닌, 개별적 주체의 생생한 경험을 바탕으로 의식이 겪는 현상성에 대한 서술이어야 할 것이다.

이는 여러 가지 다양한 크고 작은 경험들이 모두 절대적 이성의 명확한 틀 안에서 진보만을 향해 나아가지는 않기 때문이다 : 명확히 드러나지는 않지만, 시간과 함께 저 밑에서 겪게 되는 다양한 삶에 대한 직접적 체험 내지는 생생한 경험들은 서로 얽히고설켜, 즉 나란히 가기도 하고 중첩되기도 하며, 서로 교대하면서 이어지기도 하기에, 이러한 경험들이 모두 진보적인 것으로 간주할 수는 없다. 경험들은 축적되어 거대해지면서 연역적으로 '추론'된다기보다는 '걸러지는 것'이다.[158] 그리하여 지엽적이면서 한계가 분명히 설정된, 명확한 목적이 있는, 위험을 무릅쓴 채 시도하는 첫 번째 경험은, 긴 여정으로 들어가게 되면서, 애초에 한정하였던 목적성에서 벗어나 경험이 점차 전체화되면서 두 번째 경험으로 나아가게 된다. 다시 말해 경험들이 점진적으로 드러나지 않게 축적되어 확장됨을 통해, 어느 순간 두 번째 삶이 시

---

157) *Une seconde vie*, p. 90.
158) *Une seconde vie*, p. 91.

작되는 것이다. 이렇게 **'경험'**이란 첫 번째 유형의 경험과 두 번째 유형의 경험이 함께 가는 것이며, 이들을 서로 분리함으로써 어느 한 유형을 배제하여 각각 따로 생각할 수 없다. 이러한 점에서 F. 줄리앙은 헤겔이 그의 정신 현상학에서 경험을 다루는 방식에 대해 언급하면서, 스스로 경험에 대한 의식의 학이라고 명명했음에도 두 가지 유형을 분리하여 생각했으며, 삶에서 반복하여 겪는 두 번째 유형의 경험을 시도와 실습으로서의 첫 번째 유형의 경험에 종속시켜 객관화함으로써 경험을 이성주의에 입각하여 사고하는 한계를 보였음을 지적한다.159) 그리하여 본질적으로 경험의 현상성은 주체의 실재적인 개별적 경험을 바탕으로 기술한 것이라기보다는, 추상화된, 보편적 경험을 절대화된 이성의 틀 안에서 정리한 것임에 불과하다고 말한다.

이에, '경험'의 질적인 상승은 '초월'이 아닌 '나옴'이며, 그리하여 두 번째의, 진정한 의미에서의 '실존적인 삶', 즉 한계지음에 갇히지 않는 삶으로 '나아감'이다. 그리고 이러한 '나아감'은 헤겔 변증법에서 말하는 이른바 어느 한쪽을 부정하고 버림으로써가 아닌, 어느 쪽도 버려짐 없이 '점진적인 걸러짐'을 통하여, 한계지어졌던 삶에서 두 번째 삶으로 나아감으로써 높은 단계로 상승하는 것이 아닌, 반복이지만 새로운 삶으로서의 **'다시 시작함**(la

---

159) *Une seconde vie,* p. 92.

reprise)'인 것이다.160) 결국, 두 번째 경험의 이러한 여정은 우리로 하여금 새로운 진리가 아닌, '밝음' 또는 '밝아짐'으로 인도하면서, '앎'이 목적이 아닌, '실존'에 다다르게 한다.161)

예를 들어, 우리가 흔히 쓰는 '타이밍'이란 단어를 생각해 보자. 우리가 이 말을 사용하는 때는, 맥락 없이 기습적인 데가 있는 경우로서, 뭔가가 정말 앞뒤 정합적으로 온전히 연결됨 없이, 돌연적 개입이지만 그러나 잘 성사되었을 때, 애초에 의도한 바는 아니지만, 결과적으로 돌이켜보았을 때 잘 맞아떨어졌다는 의미에서 쓰는 말이다. 삶과 삶의 바탕을 근본적으로 구성하고 있는 인간관계를 돌이켜 보면, 논리적이라고 믿어 의심치 않았던 많은 중요한 부분들이 사실 정합적으로 딱 들어맞기보다는 그 기저에는 상황적 우연의 반복과 기습적인 순간적 마음의 동요, 무엇인지도 모를 운이 함께 움직였기에 이루어져 나아가는 경우가 많다. 이 제3의 요소들을 '타이밍'이라고 할 수 있다면, 삶이 나아감은, 즉 다른 말로 삶의 질적인 상승 내지는 나아감은, F. 줄리앙이 언급했듯 그 삶을 이루고 있는 기저의 수많은, 자잘한, 삶에서 쳐진 잔가지들이 모두 꼭 이를 위해 어떠한 일정한 규칙 안에서 존재하고 나아가고 있는 것은 아닐 것이다. 삶의 잔가지들에서 삶

---

160) *Une seconde vie*, p. 92.
161) *Une seconde vie*, pp. 92~93.

은 지지부진하게 그저 반복되기만 하기도 하고, 때로는 되려 후퇴하기도 하면서, 또는 진보인지 퇴보인지도 모를 별 의미 없어 보이는 전혀 다른 경험들도 함께 조합되면서, 시간이 얼마간 지난 후 삶에 대해 간격이 생기고, 이러한 간격을 통해 돌이켜 보았을 때, '결과적'으로, 전체적으로 나아가고 있음을 인식하는 것이다. 전후 맥락 없이 돌연 찾아오는 적절함이라는 의미의, '결과적'으로 되돌아보았을 때 알 수 있는 '타이밍'이란 말은 바로 이러한 의미에서 쓰이는 말일 것이다. 그래서 주요한 인간관계를 포함하여 '삶'은, 또 이것의 나아감은, 한편으로 보자면 수많은 크고 작은 경험의 꾸준한 축적과 이러한 경험들의 걸러짐을 통해 그 의미가 분명해지면서 나아가는 것이고, 다른 한편으로는 연계성 없이, 그러나 각각의 여러 다양한 경험들의 축적 속에서 어떤 돌연한 상황을 통해 뚫고 나아가는 것이기도 하다. 그리하여 삶의 질적 상승이란 모든 경험이 목적론적으로 하나의 틀 안에서, 이전과는 한 걸음 더 나아간 목적을 지향하고 나아감으로써 진보하기보다는, 불확실하고 실재적인 개별적 경험들을 통해 이들 간 좌충우돌 부딪히게 되면서, 결과론적 시점에서 보았을 때 다다르게 되었음을 알 수 있는 '파생적'인 것이다. 이는 비상응함의 연속인 실존의 삶은 절대적 이성 안에서, 즉 완벽히 정합적이고 논리적인 짜인 각본과 같이 예외 없이 흘러가지만은 않기 때문이며, 개별 주체들이 서로 다른 만큼 동일한 경험이라도 실재적으로는 주체마다 다르게 겪어 내기 때문이다.

그렇다면 본래의 화두로 돌아가서, 이러한 경험들을 통해 '첫 번째 사랑'에서 '두 번째 사랑'으로 어떻게 나아갈 수 있을까? 두 번째 사랑은 두 번째 삶에서 가능한 사랑이다. 왜냐하면, 두 번째 사랑은 진정한 의미에서의 실존적인 삶에서의 사랑으로, 실존적인 두 번째 삶이 시작되어야만 가능하기 때문이다.162) 물론 두 번째 사랑과 두 번째 삶은 함께 맞물려 타자와의 친밀한 현재를 펼침으로써 존재의 한계지음에서 나오게 되면서 시작되는 것이기도 하다. 중요한 사실은, 어떠한 관념이나 억견, 선입견이든, 이러한 주름진 관념들로부터 한계지어지지 않는 두 번째의, 실존적 삶은 두 번째 사랑의 바탕이라는 것이다. 그래서 한계지음 밖에 있는 실존적 삶이 바탕이 된 두 번째 사랑은, 얼마나 사랑하는지를 선언하고 증명해야만 하는 찬양과 선언, 증명의 목적 지향적이고, 오르막길과 내리막길이 분명히 한계지어진 첫 번째 사랑의 '절대성'으로부터 멀어진, 즉 소란스러운 사랑으로부터 멀어진 '침묵의 사랑'이며, '상호 넘침'에 의해 열린 두 주체 사이에서 존재적 한계에서 벗어나 나누는,163) 마음 저 깊숙한 곳에서 함께 하

---

162) (⋯) le second amour naît du dé-couvrement et du dé-capement (⋯) (*Une seconde vie,* p. 143)

163) 이와 관련하여 가장 잘 요약된 원서의 다음 문장을 원문 그대로 싣는다 : De là que l'expansion et promotion du second amour n'est plus tant dans le future projeté, ni dans le fruit convoité, mais qu'elle se découvre dans l'entre -tensionnel ouvert par ce débordement réciproque (ce que dit, mais si pauvrement, l'«inter-sujectivité») : de cet "entre" qui n'est pas de l'«être»,

는, F 줄리앙이 언급하듯, '죽음 앞에 선 사랑'이다.164) 다시 말해 본질과 속성이 있는 한계지음으로 묶어두는 절대적인 불변의 사랑이 아니라, 두 주체 '사이'에서 서로에게 어떠한 존재로서 한계지음 없이 끝없이 친밀함이 오고 가는 '무한(無限)의 사랑'이다. 그래서 두 번째 사랑은 존재 자체로서 서로에게 의미를 가지며, 존재 깊은 곳에서 함께 존재를 나누는 서로에게 유일한 존재로서의 '실존적인 사랑'이다. 죽음 앞에 선 사랑이란, 혼자 남겨질 나의 타자를 염려하며 삶을 함께 나눌 수 있음에 감사하는, 삶 가장 근저(根底)에서 존재를 나누는, 즉 그 어떠한 관념이나 편견의 한계지음에 귀속되지 않고 서로를 바라보며 함께 하는, 그야말로 그 진정한 의미에서 존재의 자유를 만끽하는 관계로서의 사랑을 말한다. 존재적으로 그 어떠한 한계지음에도 귀속되려 하지 않음은, 바로 자유로운 존재의 본질이다.

그래서 삶에도, 사랑에도 '타이밍이 있다' 또는 '타이밍을 놓쳤다'라고 하는 말은, 한편으로는 머리로 온전히 이해되지 않는 것에 대한, 또는 이성으로 이해할 수 없는 것, 달리 말하자면 존재의 비상응함에 대한 삶의 예외성을 대변하는 표현이며, 다른 한편으로는 의도하던 바대로, 뜻대로 되지 않았더라도, 즉 의도치 않는

---

depourvu qu'il est d'en-soi et de proprieté (*Une seconde vie*. pp. 150~151)

164) *Une seconde vie*, p. 149.

난관에 부딪히게 됨에도 불구하고, 삶과 사랑에 대한 용기를 잃지 않아야 한다는 위안이 되는 표현이다. 그러나 이는 적당히 에두르는 위안이 아닌, 매우 실제적인 말이다. '타이밍'이란 말에 포함된 비정형성과 '예측 불가능성'은 결과를 목적으로 지향하면서 미래에 겪게 될 온갖 경험들을 목적론적으로 결과에 귀속시킨다고 하여도, 실재에서는 생각했던 그대로 실현되거나 그 비슷한 결과를 보장받지는 않기 때문이다.

삶은 일단 나아가야 하는 것이다. 왜냐하면, 우리가 부딪히게 될 삶의 다양한 경험들은 미리 준비했다 하더라도 실재가 되기 전까지는 개별적 상황들에 따라 너무도 막연한 것이어서, 경험들은 서로 아무런 연계성 없이 정체되기도, 후퇴하기도 하고, 조금은 진보한 것 같기도 하면서도, 그리고 예기치 않는 지점에서 얽히고설킴을 통해 전진하기도 하면서, 그러나 결국 이러한 경험들이 축적되고 의식과 함께 걸러짐을 통해, 문득 다다르게 될 결과에 어떤 식으로든 질적으로 한 발짝 더 나아간 삶이 기다리고 있기 때문이다. 이는 살아내지 않으면 결코 알 수 없는 것이다. 물론 그 다다른 임시적인 지점이 원하던 방향이 아닐 수도 있으며, 눈에 보이는 결과는 아닐지라도 삶을 겪어 넘으로써, 비록 비슷한 상황에 놓이게 되었을지라도 질적으로는 한층 상승된 경험치의 바탕에서 앞으로 또한 한층 진보된 경험으로 다시 새롭게 나아갈 수 있기 때문이다.

그리고 질적으로 한층 더 나아간 삶은, 삶 자체가 달라지는 것이 아니라, 삶을 다르게 또는 새롭게 마주함이다. 이것이 한계지음 없는, 또는 한계지음으로부터 나온, 또는 벗어난 '두 번째 삶'이며, 점착되어 있었던 것에서 나와 비로소 실재를 마주하며 미처 보지 못했던 일상을 새롭게 보는 진정한 **자유인으로서의 실존적 삶**이다. 이러한 벗어남은 절대적 진리의 새로운 면이 아닌 '밝음'으로 향하며, 추상적으로 인식하는 '앎에 대한 **진보**(un progrès de la connaissance)'보다는 '두 번째 삶', 다시 말해 '실존으로 **나아감**(une promotion de l'existence)'에 그 의미를 둔다.[165] 그리하여 다음 장에서 구체적으로 조명되는 '두 번째 사랑'이란 새로운 사랑이지만, '두 번째 삶'과 함께하는, 다시 시작하는 사랑이며, 한계 저 너머의 사랑이며, 실존적인 사랑이다. 결국 '두 번째 사랑'은 전면적으로 상정됨으로써 자신을 드러내는 선언적 사랑이 아닌, '소란스러운 사랑과 멀어지면서' 은밀하게 흘러가는 '침묵의 사랑'이며, 그러나 '지치지 않는 사랑'이다.

4) 정신과 의식, 그리고 걸러짐(décantation)에 관하여

'**밝음**' 또는 '밝아짐'은 '**의식**(la conscience)'과 관련이 있는 역량의 단계라고 할 수 있다. 그런데 '밝음'과 비슷한 의미로 혼동

---

165) *Une seconde vie,* pp. 92~93.

되기도 하는 다음의 두 능력, '꿰뚫어 봄'과 '통찰'은 '정신 (l'esprit)'과 관련이 있는 수행적 역량이다 : 즉, 어떠한 상황에 부딪혀 어려운 상황을 풀어나가야 할 때, '꿰뚫어 봄'은 정신과 관련하여 문제를 관통하여 볼 줄 아는 그 '깊이'에, '통찰'은 상황을 좀 더 명료하게 볼 줄 아는 '선명함'에 관계하며, 이 둘은 난관을 헤쳐나가고 극복해내는 '정신'과 관련이 있는 수행적 역량이다.166) 그런데 '밝음'은 언어와 함께 가는 '지성'과 마찬가지로 한편으로는 타고나는 것이 아니며, 다른 한편으로 '앎'과 마찬가지로 목적으로서 '획득'되는 것이 아니다.167) '밝음'은 '경험'을 통해 '점진적'으로 나옴으로써 얻어지는 결과적인 것으로서, 지향하여 획득하는 것이기보다는 **다다르게 되는 것이다 : '의식'과 관계하여 '나옴(le dégagement)'**은 그 '불분명함'으로부터 나오는 것이며, 그리하여 '밝음'은 두 번째 삶으로 인도하는 주체의 역량으로서 사건이나 방법, 의지에 관계하지 않는다.168)

'밝음'은 의식의 '불분명함'에서 나옴으로써 실재를 그 자체로 볼 수 있는 역량이다. 한편, 두 번째 유형의 경험으로부터 점진적으로 '밝음'으로 인도됨을 이해하기 위해서는, 앞서 언급했듯 우선 유럽의 언어에 깊이 뿌리 박힌 능동적인 것과 수동적인 것의

166) *Une seconde vie*, p. 96.
167) *Une seconde vie*, p. 95.
168) *Une seconde vie*, p. 96.

구별에서 나옴으로써 가능하다. 정신과 실재 사이에서의 의식의 불투명함은 윤리에 담겨있는 것, 교육되는 코드들, 믿음의 그물망과 관습들을 반영하고 있는 언어 자체로부터 기인하는 것이다.[169] 그리고 의도적이거나 자의적인 선택은 아닐지라도, 다시 말해 외부의 틀에 의해 수행될 수밖에 없는 개인적 책임의 처신이든, 즉 감내했던 부정적 경험들을 통해, 주체적 성찰과 함께 불분명했던 의식이 풍화되어 금이 가면서 '걸러지고 걸러져' 실재를 가렸던 **불투명함이 걷히게 되면서**(décantation) '밝음'에 다다르게 되는 것이다. 결국, 시야를 가렸던 온갖 부수적인 것들을 밀어내고 드러나는 실재는, 목적적으로 명확히 한계지어지지 않지만, 걸러지고 걸러져 선명해지는 앞서 언급한 두 번째 경험을 통하여 가능해진다. 다시 말해 불투명했던 실질적 실재의 드러남은, 형이상학적 수행을 통해 세계를 이원화시킴으로써 저 너머에서의 절대적 진리의 드러남이 아닌, 직접적 부딪힘과 겪음을 통해, 즉 '경험'을 통해 가능하다.[170] F. 줄리앙은 가려져 있던 실재가 경험을 통해 고스란히 드러나는 대표적인 예로서 니체가 언급한 '기쁜 앎'을 언급하면서 이는 삶 자체를 위협당했을 때, 즉 내일을 맞이함이 당연시되지 않을 경우, 또는 저절로 움직이는 줄만 알았던, 의식하지 않았던 몸의 기능이 그렇지 않게 될 때이

---

169) *Une seconde vie*, p. 98.
170) *Une seconde vie*, p. 99.

다[171] ; 건강에 문제가 생겼다가 회복되었을 때, 당연시 여겼던 삶의 순간들이 다시 보이며 삶을 새롭게 맞게 된다. 그래서 삶 자체에 근본적으로 내재되어 있었던 것, 다시 말해 삶에 점착되어 인식할 수 없었던 것을 볼 수 있게 됨으로써, 즉 의식할 수 있게 됨으로써 삶을 새롭게 보며, 그 이전보다 훨씬 용기를 내어 더 이상물러설 곳 없이 저돌적으로 삶에 임하게 된다.

삶에 대한 위협이 훨씬 더 근본적으로 될 때, 즉 삶과 죽음의 기로에 섰을 때 우리는 비로소 삶의 뿌리까지 올라가 생각할 수 있다. 다시 말해 그동안 당연시했던 것을 의심할 수밖에 없게 되어 삶 자체가 드러남으로써 그 본연의 맛을 실감할 수 있게 됨은, 역설적인 상황이지만, 이상한 일은 아니다. 결국 삶에 점착되고 고착되어 있던 것들에서 나와 실재를 볼 수 있게 됨은, 그럼으로써 이전의 관념이 흔들리고 전복됨으로써 고착되어 나태해진 것으로부터 벗어나 삶을 다시, '새롭게' 볼 수 있음은, 우리를 오히려 주저함 없이 삶에 임하게 한다. **'새롭게 시작함(la reprise)'**은 '밝음'이 발견한 '두 번째'라는 의미의 본성이다.[172] 그리하여 더 이상 어떠한 망설임도 없이, 우리를 '삶'에 부딪히며 나아가게 한다. 이렇듯 실존의 가장 근저에서 체험되는 '경험'은 온전한 실재를

---

171) *Une seconde vie*, p. 100.

172) *Une seconde vie*, p. 102.

마주하게 하는 것이다.

　'밝음'은 이러한 **두 번째 경험**이 쌓이고 걸러지면서 파생되는 결과이다. 한편 이는 F. 줄리앙이 인용한 플라톤의『소피스트』에서도 언급된 것처럼, 시간의 지속과 함께 실재의 '있음'에 다가가면서 '밝음'에 이른다.[173] 그래서 '밝음'에 관계된 앎은 객관적 앎이나 지식과는 달리, 설득함으로써 견고해지는 것이 아니라, 시간의 지속과 함께 실재에 다가가면서, 즉 그런 것처럼 보이거나 그런 척하는 것, 다시 말해 실재가 아닌 것에서 나옴으로써 그 확고함을 보장받는다. 다른 한편으로 '밝음'은 다른 견해나 믿음으로 교환되어 옮겨가거나 전환함에서 가능해지는 것이기보다는, 종속되어 있었던 그 모든 견해나 이러한 믿음의 체제로부터 나옴으로써, 다시 말해 의심, 즉 철저한 성찰의 되새김 없이 갖게 된 환상이나 헛된 믿음으로부터 벌거벗겨짐으로써 실재에 다가가면서 가능해지는 것이다. 그래서 '밝음'에서 얻게 되는 앎은 철학의 그것과는 다르며, 이는 객관적 지식이나 앎이 아닌, 두려움 없이 '두 번째 삶'을 시작함에 그 귀결점이 있다. '두 번째 삶'은, 넓은 의미에서는, 더 이상 어떠한 관점이나 견해에 휘둘리거나 옭아매이지 않는 것이고, 좁은 의미에서 보자면 간교한 꼬임이나 헛된 야망, 권력이나 이익 놀이, 비겁함에 굴복하거나 졸렬해지지

---

173) *Une seconde vie,* p. 103.

않는, 즉 자신을 더 이상 특정한 견해나 주름진 관념에 한계지어져 고착되게 하지 않고, 그것에서 나와 있는 '실존'의 삶이다. 그리하여 '두 번째 삶'은 자신을 한계짓는 그 모든 것에 과감하게 맞서는 삶이며, 이것을 **뚫고** 당당히 **나아가는** 삶이다.174)

확실히 이러한 실존의 삶은 삶을 지탱하고 있는, 의심조차 하지 않았던, 삶을 떠받치고 있는 저 기저에 있었던 것에 대해 의심해 봄으로써 가능한 것이다. 달리 말하자면, '**밝음**'은 부정적인 확실함, 즉 확실함의 그 이면을 의심해 봄을 통해 다가갈 수 있다.175) 삶을 지탱하게 하고, 이를 바탕으로 욕망이 나아가는 저 기저의, 의심조차 하지 않았던 확실한 것에 대한 의심이란, 사실 어디까지 파고 들어가 의심해 보아야 하는지 한계가 없어 모호하지만, 오이디푸스처럼 실재를 마주하게 되면서 스스로 눈을 찌르는 비극으로 가지 않을 만큼의, 삶을 근본적으로 스스로 위협하지 않는 선에서, 삶을 이루고 있는 바탕의 지층으로 거슬러 내려가 보아야 할 것이다. 가장 주목해야 할 전형적인 경우는 담론이며, 오고 가는 말을 통해 실재는 가려진다.176) 그래서 모든 관념적이고 담론적인 장치에 대해 간격을 두고 이로부터 물러서 검열

---

174) *Une seconde vie*, (…) "그래서"부터 단락의 마지막까지는 pp. 106~107까지 요약한 것이다.

175) *Une seconde vie*, p. 106.

176) *Une seconde vie*, p. 111.

해감을 통해, 그리고 점진적으로 그것의 지층을 와해시킴을 통해, 삶을 떠받치고 있는 가장 근본적인 토대로서, 이것의 실재, 또는 진리가 믿을 수 있는 것인지, 여전히 유효한 것인지에 대해 스스로 물어보아야 한다.[177]

'밝음'은 공표되거나 눈에 띄는 어떠한 절대적인 계시를 통해 드러나는 것이 아니라, **'경험'**을 통해 침묵 속에서 점진적으로 조용하게 가닿는 것이다.[178] '지성'은 진리를 향한 욕망을 통해 절대적인 진리를 좇아 끊임없이 이를 구축하여 올라가는 여정에서 요청되는 능력인 반면, '밝음'은 절대 마주하고 싶지 않음에도 불구하고 그 실재에 대해 마주할 수 있는 역량으로서, 달리 말하자면 삶과 이것의 실상(實相)에 마주하고자 하는 용기이다. 그리하여 '밝음'을 통해 '삶'에 점착되어왔던 것, 그 이면으로 내려가 봄으로써, '삶'에 '간격'을 두면서 삶의 바탕을 이루었던 저 기저의 것에 대해 의심하고 성찰해 봄으로써 '밝음'은 실재를 마주하게 한다. 왜냐하면 '지성'은 가장 어려운 것을 이해하고 알아내는 능력이지만, 그 범위는 이러한 지성이 허용되는 범위 내에서만 작용하기 때문이다. 즉 '지성'은 자신의 믿음이나, 믿음의 체계, 그 바탕을 이루는 기저의, 고착되어왔던 것에 위협이 되는 것에 관

---

177) *Une seconde vie*, p. 113.
178) *Une seconde vie*, p. 113.

계해서는 작용하기 힘들다.179) 그럼으로써 '앎'이 아닌 '삶'에 관계하는 '밝음'은, 그 이전의 삶에서 한계지어졌던 것에서 나와 한계지어졌던 것에 부딪히고 맞서는 역량으로서, 삶을 고착시켰던 그 모든 것들로부터 **나오게** 하면서 이윽고 실재를 마주할 수 있는 '실존'의, '두 번째 삶'으로 이끈다.

5) 요약 : 나옴, 그리고 두 번째 삶

'두 번째 삶'이란 '밝음'을 통해 가능하다. 왜냐하면 '밝음'이란 '나옴'을 가능하게 하기 때문이다.180) '나옴'은 단지 고착되고 점착되어 있던 것에서 자유로워지는 것일 뿐만 아니라, 개별적 주체의 새로운 출발이며 새롭게 나아감이다.181)

'나옴'이란 크게 두 가지 의미로 생각해 볼 수 있다 : 앞서 언급했다시피 한편으로는 삶의 기저에서 작용하고 있으면서 이에 점착되고 고착되어 의식조차 하지 않았던, 그러나 한계지어왔던 것들에서부터 나옴이고, 다른 한편으로는 저 기저에서 구겨지고 감춰져 있어 인식조차 하지 못했던, 보이지 않았던 것을 다시 새롭게 보면서 나오는 것이다. 그럼으로써 '나옴'이란 새로운 것을 만들거나 다른 것을 요청하거나 필요로 하지 않으면서, 내재해 있

179) *Une seconde vie*, pp. 112~113.
180) *Une seconde vie*, p. 117.
181) *Une seconde vie*, p. 115~116.

던 감추어진, 또는 갇혀 있던 자원을 이를 제한했던 그 한계에서 벗어남으로써 펼쳐지는 것이다. 근거를 세우고 정당화하기 위한 어떠한 이론화나 관념화도 필요치 않는다. **'실존(l'ex–istence)'**은 그 어원적 의미에서 보았을 때, '한계지음으로부터 나와 있는 존재'로서, 달리 말하자면 '나옴'은 '실존'의 사명이라고 할 수 있다. 그리하여 이는 더 나아가, 목적이나 사물들의 연장됨이 갖는 편협함이나 협소함에서 벗어나 삶 본연의 자원이 출현하도록, 또는 약동하도록 함에 있다.182) 삶이 끊임없이 출현하고 약동함은 삶이 고착화됨으로써 야기되는 단조로움과 정체됨에서 벗어나게 한다. 바로 이러한 의미에서 두 번째 삶은 그 이전의 삶에서, 삶에 쳐진 한계에 갇혀, 저 기저에서 구겨져 미처 의식조차 하지 못했던 삶의 가능성을 나오게 함으로써 본연의 나를 펼치는 것이다.

그런데 이러한 '나옴'의 시작은 의지나 선택을 통해, 즉 '나옴'을 목적으로 지향함으로써 진행되는 것은 아니다 : 처음에는 삶에 책임 있는 처신을 함으로써, 그리고 경험이 삶에서 자연스레 쌓이면서, 첫 번째 삶을 옭아맸던 한계들로부터 나와 보기도, 그렇지 않기도 하는 전환을 반복하면서, 첫 번째 삶과의 간격이 조금씩 생기기 시작하면서 점진적으로 '나옴'이 가능해지며, 어느 순간 단호한 결단을 내림으로써 온전히 나오게 되는 것이다. 다

---

182) *Une seconde vie,* p. 117.

시 말해, 처음에는 하나의 처신이었다가 점점 태도로 확장되면서 삶의 방식이 되는 것이다. '밝음'은 정신을 흐리지 않게 하려는 의식의 요구로서, 하나의 개념으로서 철학적으로 발전하지는 못하였다. 물론 F. 줄리앙에 의하면 플라톤은 『소피스트』에서 '밝음'에 관한 관념은 주목하였지만[183] 더 이상 발전시키지 않았기에 이는 개념의 하부에 머무르게 되었다.[184] 그 이유는, F. 줄리앙에 의하면, '밝음'을 통해 나아가는 '두 번째 삶'을 정의하기 위해서는 우리 사유의 저 기저의 모든 범주를 흔들어야 하기 때문이다.[185] '나옴'은 그 자체로 분화된 특정 영역에서 작용하는 개념적인 것이 아니라, 내가 가지고 있는 품행이나 태도와 같은 일반적인 것이다. 이는 전체적으로, 간격을 두고 점진적으로 나아감으로써 결과적으로 파생되는 것으로서, 형이상학적 개념의 작용이 관여하지 않는다. 이는 플라톤의 동굴의 비유와 같은 동굴로부터 나옴이 아니다. 그래서 '두 번째 삶'은 이전의 삶과 단절된 채 목적적으로 지향된, 새롭게 구축된 전혀 다른 세계가 아니다.

그렇다고 '나옴'은 놓아버리거나 포기하는 것이 아닌, 그래서 아무것도 하지 않음이 아닌, 고착된 것, 옭아매진 것들에서 풀어져 나옴이며, 무력화되어 볼 수 없었던, 불투명했던 것으로부터

---

183) *Une seconde vie*, pp. 102~103.
184) *Une seconde vie*, p. 118.
185) *Une seconde vie*, p. 118.

자유로워지는 것이다.186) '나옴'은 감각계나 지성계, 또는 일반성을 띠는 것과 본질적인 것으로 나뉘면서, 다른 세계, 즉 관념의 세계를 구축하고, 이에 도달하기 위한 추상화 작용에 관계하지 않는다. 그래서 하나의 세계에서 다른 세계, 즉 감각계에서 관념의 세계로의 탈출을 요구하거나 이쪽으로의 형이상학적 시선의 전환이 요구되지 않으며, 그럼으로써 방향이나 그 도달점을 고정한 채 나아가지 않는다. '나옴'은 단지 한계지어져 고착되어 있던 것에서 벗어남으로써, 자신의 역량을 자유롭게, 즉 다시금 새롭게 발휘하고, 끊임없이 반복되는 삶의 약동에 동참하는 것에 그 의미를 둔다. 결국 '나옴'은 본질을 뽑아내어 부여하고 장소화 함으로써 이론과 실습, 앎과 행위로서 분류하여 대상의 한계를 명확히 정의하고 목적을 지향함이 아닌, 온갖 사회적 관념과 대중의 편견과 억견에서 한계지어지고 고착되어 버린 것으로부터 약동할 수 있는 주체의 자유로운 영역을 펼치게 하는 '삶'으로 ('나옴'의) '거리'를 확보함에 그 의의가 있다. 그리하여 '나옴'은 무엇을 향해 고양해 나가는 것이라기보다는 한계지음에서 나오는 것, 그 '나옴'의 지평선을 계속하여 확장하여 나가는 것이다. 그럼으로써 결과적으로 F. 줄리앙은 '나옴'에 대해 다음의 세 가지로 정리한다 : 첫째, 얽히고설켜 구겨지고 숨겨져 불투명하게 있는 것에서 '나옴', 둘째, 형이상학적 관점과 같은 저 신적인 세계, 또는 관념이나 다른

---

186) *Une seconde vie*, p. 119.

세계로 도망치거나 탈출하는 것이 아니라는 것, 셋째 다다르는 방향이나 그 목적지향점이 상정되지 않는다는 점이다.[187]

    결국 '나옴'은 모든 목적이 사그라져 버린, 나뉘거나 초월하지도 않고, 그 자체로 통로가 되는, 달리 말하자면 기존의 형이상학적 틀에서 벗어난 단어이다. 이는 진리에 관계하기보다는 삶에 임하는 자세와 같이 삶을 살아가는 방식 내지는 양식에 관계하기 때문이다. 그래서 '나옴'은 다르게 사유해 보는 것이기도 하다. 다르게 사유함은 전략적으로 서양 또는 유럽의 사유에서 보았을 때, 중국 사유를 통해 가능하다[188] : 보이지 않지만, 식물의 생장을 돕고 이를 방향 짓게 만드는 중요한 역할을 하는 '**바람(風)**'과 같이, '나옴'은 한편으로는 낯빛이나 자세에서 자연스레 나오는 삶에 대한 태도로서 시인과 화가의 삶처럼 삶과 예술이 함께 만나는 지점에 있다. 다른 한편 '나옴'은 '**언불언(言不言)**'과 같이 스승이 주석을 달아 강제하거나 윤리적 판단을 내리며 굳이 가르치려 하지 않아도, 한계지으려는 것들로부터 스스로 거리를 두고 나올 줄 앎으로써 행위 자체로서 본보기가 됨에서 그 의미를 생각해 볼 수 있다. 달리 말하자면, '나옴'은 우리의 사유를 떠받치고 있는 유럽과 중국의 전혀 다른 언어들의 저 바탕, 즉 우리가 사

---

187) *Une seconde vie*, p. 120.
188) *Une seconde vie*, pp. 121~122.

용하는 언어 깊숙이 내재해 있는 한계 저 너머로 가는 것이며, 곧 '나옴'은 언어적 한계의 경계까지 가봄으로써 가능한 것이다.

　그리하여 '나옴'은 특정한 방향성 없이 유유자적하게 노니는 장자의 소요유(逍遙遊)의 경지로까지 나아가게 한다. 한계지음에서 나옴은 협소한 존재의 한계를 탈피하게 함으로서, 존재로부터 자연스레 흘러내려 자신의 역량을 새롭게 펼치게 한다. 다르게 봄은 다른 것들을 보는 게 아니라, 기존의 한계지어진 것에서 벗어나 사물을 다르게 볼 줄 아는 것이다.[189] 한계지어진 것에서 간격을 둠은, 그래서 한계지음 밖으로 나와 보는 것은, 한계를 초월하여 저 너머의 세계로 넘어감으로써 다른 세계로 시선을 전환함이 아닌, 시선을 한계까지 그리고 더 나아가 한계 저 너머로까지 넓혀 봄에 그 의미가 있다.[190] 그럼으로써 이는 형이상학적 관점에서의 다른 세계로의, 즉 관념적인 실재로의 시선의 전환이 아닌, 구겨져 있고 불투명해져 있는 현재에서 나옴으로써 지금이 세계에서의 실재를 투명하게 마주함에 그 목적이 있다.[191] 결국, 이는 삶을 한계짓고 고착화하는 것에서 벗어나, 삶을 그 자체로 생생하게, 비상하게 함에 있다. '나옴'은 관념적 실재를 향해 시선을 전환하는 것이 아닌, 한계지어져 불투명해진 실재에서

---

189) *Une seconde vie*, p. 125.
190) *Une seconde vie*, p. 126.
191) *Une seconde vie*, p. 138.

'나옴'이며, 기존의 형이상학적 시선이 아닌 실존에 관계하며, 아리스토텔레스가 언급한 로고스(이성, 논리), 파토스(감정, 정념), 에토스 중 에토스(성품, 자세, 삶의 방식)에 그 무게 중심을 둔다.192)

　이러한 '나옴'이란, 의지나 실천의 문제가 아닌, 의식 없이, 어느 순간 자연스레 흘러나오는 것이다. 중국 사유에서 도통(道通)한 경지나 예술의 경지를 그 예로 생각할 수 있다 ; 유럽의 고대 사유에서 모든 예술적 형태는 '미메시스'로서 자연(더 나아가 사물, 인간)의 형상을 그대로 표상하는 **'재현(la représentation)'**의 작업이지만, 고대 중국에서 그림을 그리는 예술 행위는 내가 그리는 것이 아닌, 자연 또는 사물과 하나가 되는 경지(물아일체)에서 그 기운이 관통하면서 일필휘지로 가능한 것이다. 그리하여 F. 줄리앙이 예로 든, 죽림칠현의 시인, 완적이 휘파람으로서 소통하는 한계 저 너머의, 학식이나 관념의 한계지음에서조차 '나온' 사람의 이야기는 삶 자체가 곧 하나의 도의 길로서 삶과 예술이 함께 감을 말한다.193)

---

192) *Une seconde vie*, p. 135.
193) *Une seconde vie*, p. 135.

5. '두 번째'의 의미와
두 번째 사랑에 관하여

두 번째 사랑은 두 번째 삶과 같이, 실재를 마주함으로써, 즉 실
재적으로 사랑이 무엇인지 경험을 통해 체험함으로써 밝아지게
되면서, 그리하여 사랑의 신화는 얼마간 꾸며진, 실재와는 거리
가 있는, 연극적인 요소가 다분한 것임을 간파하게 되면서 시작
된다.[194] 더 나아가 첫 번째 사랑의 다소 부자연스럽고 스스로 최
면을 거는, 자아도취적인 면이 있는, 쟁취하고자 하는 열정으로
부터, 또한 이러저러한 틀에 맞추려는 존재적 관념의 한계지음에
간격을 두면서, 그래서 사랑이라는 형상 안에서 늘 생각하고 말
해져 왔던 기존의 것에서 다른 것을 봄을 통해 두 번째 사랑이 시

194) *Une seconde vie*, p. 139.

작된다.195) 여기서 다른 것이란 곧 '친밀함'이며, 이는 타자와 나의, 서로 간에 존재의 바탕을 이룬다. 나의 가장 깊은 곳, 나의 무한히 깊은 곳에 나의 타자가 머묾이 곧 친밀함이기에, 무한대에 가까운 '나의 타자'와 '나' 사이에 **가까이 있음**(la présence)'은 '현(존)재'를 무한하게 펼치게 한다.

'두 번째 사랑'은 우선 '첫 번째'라는 신화에서 벗어나면서, 즉 목적적 대상으로서 열정적으로 좇음을 통해 지향하였던 타자를 마침내 정복하고 포획함으로써 첫 번째 사랑이 퇴색되어196) 서서히 그 종말을 맞게 되면서 다시 새롭게 시작하는 사랑이다. '두 번째 사랑'은 첫 번째 사랑의 반복이나 되풀이가 아닌, 다시 시작하는 새로운 사랑이다. 그리하여 시작과 끝만 있는, 좇음과 정복에 사로잡힌 첫 번째 사랑이 아닌, 나와 타자 사이에서 관계가 활성화되고 무한히 풍요로워지는, 한계가 분명한 존재적 '사랑'이 아닌, '사랑함'의 여정으로서 함께 나누고 교통하는, 진정한 의미에서의 실존적인 사랑이다.

---

195) *Une seconde vie*, p. 140.

196) *Une seconde vie*, p. 140, p. 144 : F, 줄리앙은 이를 '결핍의 변증법'이라고 부르는데, 이는 타자에 대한 결핍으로 인해 타자를 대상으로서 열정적으로 좇으며 지향하지만, 이러한 결핍이 채워지면서, 즉 지향하던 타자를 갖게 되면서 만족에 도달하면서, 그래서 목적이 사라짐으로써 허탈감과 함께 점진적으로 실망을 느끼면서 만족은 지겨움으로 전복됨을 말한다.

사랑 중의 사랑, 잊을 수 없는 최고의 사랑은 첫 번째 하는 사랑이 아니다. 첫 번째 하는 사랑은 첫 번째라는, '최초'의 신화에 빠져 허우적거리기 쉽다 ; 한편으로는 '결핍의 변증법'이 작용하며, 결핍을 채우고 처음이라는 새로운 것의 발견에 경도되며, 이것이 강조되면서 타자를 정복하려는 마음이 앞서게 되면서, 나와 타자 사이의 친밀해지는 여정은 소외된 채, 관계는 성공과 실패라는 이분법적 대립의 구도로 놓인다. 다른 한편으로 첫 번째에는 늘 서투름이 있어서, 다음에 새롭게 오는 두 번째의 밑그림이거나 준비 과정인 경우가 많다. 그리하여 F. 줄리앙은 최고의 사랑은 첫사랑도 마지막 사랑도 아닌, 두 번째 사랑임을 역설한다.197) 두 번째 사랑은 한 사람과 관계를 끝내고 전혀 다른 사람과 하든, 첫 번째 사랑과 같은 사람과 하든, 중요한 것은 이전 사랑의 반복이 아닌, 그렇다고 완전히 새로운 사랑도 아닌, 다시 하지만 새롭게 시작하는 첫 번째에 이은 다음의 사랑이라는 것이다.198) 첫 번째 사랑이 흔히 빠지는 '결핍의 변증법'의 굴레에 빠지지 않고, 다시 말해 사랑의 처절함의 한계에서 '나옴'으로써 다시 시작하는 새로운 사랑이다. 두 번째 사랑은 어떠한 한계지음 없이, 이러저러

197) *Une seconde vie*, p. 141. 사실 이 문장은, F. 줄리앙의 인용에 따르면, 평생 헤아릴 수도 없이 많은 여성들과 염문을 뿌린 일화들로 유명한 카사노바가 쓴, *Les diabolique*에서 카사노바가 고백한 것이다.

198) *Une seconde vie*, p. 142. F. 줄리앙에 의하면 우리의 욕망이나 사랑의 형태는 일관된 면이 있어서 평생 하나의 형태로 지속된다. 이렇게 욕망은 편집증적인 데가 있어서, 전혀 다른 사랑의 형태로서 다른 사랑을 하기는 쉽지 않다.

한 관념이나 의식에 얽매이거나 억압되거나 하지 않고, 구겨지지 않는 나의 존재를 실재적으로 실존하게 할 수 있게 한다. 그리하여 나는 나의 타자를 통해, 나의 타자와 함께, 밖에 있는 존재로서 실존하며 자유롭게 된다.

그런데 첫 번째 사랑 다음에 하는 사랑이라고 해서 그것이 모두 두 번째 사랑은 아니다. 단순히 첫사랑의 반복이라면, 얼마나 반복하든 두 번째 사랑은 아니다.[199] 이는 단지 첫 번째 사랑의 반복일 뿐이다. 첫 번째 사랑은 최종적으로 타자의 '소유'의 가능성 유무에 그 관심이 집중해 있지만, 두 번째 사랑은 사랑의 신화로부터 나와 사랑의 한계지음 안에서 구겨져 있고 가려져 있던, 기존의 존재적 사랑과는 다른, 한계 없이 무한히 흐르는 '친밀함'이라는 자원을 봄을 통해 가능해진다.[200] 친밀함은 무한하며, 나와 나의 타자를 주체와 목적적인 객체가 아닌, 각각의 두 개별적 주체로서, 한쪽이 다른 한쪽을 좇음이 아닌 '만남'을 가지며, 이를 통해 '현재'가 열리는 사랑이다. 여기서 관계는 한없이 깊어지고 풍요로워지면서 현재 또한 무한히 펼쳐진다.

'만남'이 사라진 관계는 나와 나의 타자 사이에 욕망이 작용할

---

199) *Une seconde vie*, p. 143.
200) *Une seconde vie*, p. 143.

수 있는 '간격'이 사라진 관계이며, 밖이 사라짐으로써 타자를 더 이상 바라보지 않는 관계이며, 그러기에 서로 마주 보지 않는 관계이며, 친숙함만이 난무하는 관계이다. 그래서 바라볼 수 있게 마주하여 앉지 않는 대신, 어떠한 간격 없이 옆에 나란히 앉을 뿐이다. 이러한 관계에서는 익숙함과 권태로움만이 있을 뿐이다. 관계에서는 타자가 나의 시선에, 또는 나의 지평선에 통합된 상태로서 타자가 나의 세계에 동질화됨으로써 타자는 더 이상 타자로서 다가오지 않으며 나는 나라는 벽에 갇히게 되는 것이다.[201] 그래서 타자의 시선뿐만이 아니라, 나의 시선도 사라진다[202] ; 관계가 형성되고 완전히 안착하여 동질화됨으로써, 만나지 않고도 만난 것 같은 친숙함만이 지배하게 되면, 더 이상 나의 타자를 바라보지 않게 된다. 그럼으로써 타자는 '흘러나옴', 즉 '자연스레 밖으로 나옴'이 가능하지 않게 된다. 물론 타자와의 만남을 통해 나 또한 나의 벽, 또는 '한계지어진 나'에서 자연스레 '흘러나옴'이 가능하기에, 타자와 함께 나 또한 자유로워지지 못하며 실존하지 못한다. 결국 나 안에 통합된 타자는 역설적으로 보이지 않게 됨으로써 타자는 사라지고 친숙함과 권태로움만이 난무한 상태로 상황은 전복되는 것이다. 이것이 욕망을 통해 목적에 다다른 사랑의 처절함이자, F. 줄리앙이 말하는 '결핍의 변증법'[203]이다. 그

---

201) *Une seconde vie*, p. 146.
202) *Une seconde vie*, p. 146.
203) La dialectique du manque, *Une seconde vie*, p. 144.

래서 F. 줄리앙은 사실 이러한 일련의 과정이 결핍을 통해 욕망이 지향하는 사랑의 어쩔 수 없는 처절함이 아닌, 타자가 사라짐으로써 나의 시선이 사라진 당연한 귀결임을 말한다.[204] 타자가 바로 앞에 존재하지만 타자는 사라지고 양도됨으로써, 나 또한 나의 한계지어진 존재에 갇혀 펼쳐 내지 못함으로써 타자는 물론, 나 또한 실존하지 못한다.

'두 번째 사랑'은 첫 번째 사랑이 희석되어 지혜로워진, 그것의 두 번째 버전이 아니다 ; 그렇다고 충동적인 열정의 불꽃이 점차 시들해지면서 정리되고 각자의 삶에 매진하게 되는, 또는 열정이 조율되면서 적당히 현실과 타협하는 사랑의 버전도 아니다.[205] 두 번째 사랑은 끝까지 가는 사랑이고,[206] 어떠한 위험을 무릅쓰고라도 함께 하는 사랑이며, 어떠한 한계지어짐도 함께라면 기꺼이 부딪히면서 한계지음 그 너머로 나아감에 두려움 없는 사랑이다. 그래서 두 번째 사랑은 서로의 존재 외에는 더 이상 그 어떤 것으로도 한계지어지지 않는다 : 더 이상 함께일 수 없는, 더 이상 바라볼 수 없는, 죽음만이 두려울 뿐이다. 두 번째 사랑은 첫 번째 사랑의 환상을 상실한 후, 흔히 매우 다의적으로 해석되고 너무나 '쉽게' 불리고 있는 사랑과는 전혀 다른 사랑의 자원을 발견함

---

204) *Une seconde vie*, p. 146.
205) *Une seconde vie*, p. 147.
206) *Une seconde vie*, p. 148.

으로써 출발한다.207)

사랑은 타자를 소유하려는 에로스적인 것과 나를 기꺼이 내주어 헌신하려 하는 아가페 사이를 오가며 다의적인 양상을 띠고, 증오와 양면으로 함께 가기 때문에 매우 모호하다.208) 첫 번째 사랑에서는 사랑함의 선언과 함께 사랑에 대한 고백이 사랑하는 사람에 부여된 역할이며, 그래서 자신의 욕망이 투영된 상대를 찬양하면서 최고의 사랑임을 증명하려는 극적인 면을 띤다. 지나치게 드라마틱하게 극대화되어 절대적인 것으로 우상화된 사랑은 이에 미치지 못함으로써, 그 모자람을 보상하려는 심리도 함께 작용한다. 물론 사랑은 하나의 욕망에만 관계하지 않기 때문에, 상대에게 선함을 베풀고자 하는 욕구와 아픔을 주고자 하는 필요성도 함께 작용함으로써 양립할 수 없어 보이는 두 면이 함께 공존하면서 사랑은 모호한 것이 된다. 그럼으로써 어떠한 위험을 무릅쓰고라도, 어떠한 난관을 무릅쓰게 되더라도, 함께 끝까지 나아가고자 하는 마음을 갖기는 쉽지 않게 된다.

F. 줄리앙은 기존의 신화화된 사랑에서 '나와', 말하자면 관념적으로 절대화된, 존재적인 사랑에서 벗어나 벌거벗은 실재로서

---

207) *Une seconde vie*, pp. 147~148.
208) *Une seconde vie*, p. 148~149.

의 사랑을 마주해 보기를 요청한다. 이것은 죽을 때까지 지속되는 두 번째의, 실존적인 사랑을 시작할 수 있는 또 다른 출발점이 된다. 그래서 영원을 약속하기보다는, 유일한 시간은 현재밖에 없음을 인지하고 현재를 함께 함에 그 의미를 찾는다 : 두 번째의, 실존적인 사랑에서 하게 되고 갖게 되는 유일한 걱정과 두려움은, 나의 타자의 갑작스러운 배신이나 관계가 충족되면서 시들해지거나 권태로워짐으로 인해 이별함이 아닌, 언젠가는 닥칠 죽음으로 인해 헤어질 수밖에 없는 상황을 맞게 됨에 있다.[209] F. 줄리앙에 의하면 영원에 대한 그 어떠한 맹세도 이러한 두려움에서 벗어나게 할 수 없다.[210] 실존적 사랑에서 나와 타자는 낙원에서 쫓겨난 최초의 인류인 아담과 이브와 같이 둘만의 역사를 창조하면서 함께 나아가는 서로에게 최초이자 유일한 존재가 된다.[211] 이는 둘만이 의지하며 둘만 함께 살아간다는 의미가 아닌, 나의 타자를 어떠한 한계지음도 없이 바라보면서 관계를 어떠한 관념이나 세상의 편견이나 대중의 견해에 옭아매거나 고착시키지 않고 펼쳐감으로써 현재를 무한히 열리게 하는 관계를 말한다.

우리나라 말에 '일심동체'란 말도 일괄적인 같은 마음이 아니라, 나의 마음 무한히 깊은 곳에 나의 타자가 타자로서 한계 없이,

---

209) *Une seconde vie*, p. 149.
210) *Une seconde vie*, p. 149.
211) *Une seconde vie*, p. 150.

무한히 머묾을 이르고자 하는 말일 것이다. 그래서 서로를 비추고 이는 나를 존재하게 함으로써 현재가 열리고 현재를 살 수 있는 길로서 함께 하는 방식을 말하는 것일 것이다. 그리하여 관계는 '나'라는 '주체'와 '상대'라는 대상적 '객체'가 아닌, 그래서 좇고 지향함으로써 미래를 기약하고 결과를 열망함이 아닌, '주체'와 '주체'로서, 말하자면 주체와 대상이 아닌, 주체와 나와 같은 주체로서의 타자, 그 '사이'에서 펼쳐지는 관계의 변주를 무한히 펼쳐 나감에 그 의미를 둔다.[212] 마주하여 바라보게 된 두 주체는, 나 안의 나로부터 밖으로 나와, 타자의 가장 깊은 내면에 머묾으로써 한계지어진 존재의 고착됨에서 벗어나 자유로울 수 있으며, 실존의 어원적 의미 그대로 한계지어지는 것 밖에 있는 존재로서 존재할 수 있다.

'두 번째 사랑'이 펼쳐지며 이를 나아가게 하는 차원은, 내가 욕망하는 타자를 절대적 존재로서 상정하고 이를 (스스로 또는 상대에게) 강요하는 타자의 절대성에 있는 것이 아닌, 두 주체 간에, 즉 나와 타자와의 '간격', 그 '사이'에서 전개되는 관계의 '무한함'에 있다. **이것이 곧 '친밀함(l'in-time)'이며, '두 번째 사랑'을 영위해** 가는 차원이다. 이는 타자에게 고착된 역할을 부여함으로써 또는 한계를 씌움으로써 타자가 고유한 속성이 있고 본질이 있

---

212) *Une seconde vie*, p. 150.

는, 절대적으로 한계지어진 존재적인, 절대적 존재로서의 타자가 아닌, 그럼으로써 존재의 한계지음에 묶여 목적적 대상으로서 지향된 존재적 타자가 아닌, '나'와 또 다른 주체로서의 '타자'의 '사이'에서 끊임없이 오고 가면서 생성되는 '관계'에 무게를 둔다. 그래서 주체와 대상이 아닌, 주체와 주체로서 함께 '나누는' '친밀함'은 그야말로 상호적이다.213)

친밀함은 시간의 지속과 함께 둘 사이의 관계에서 서서히 생성되고 드러나는 관계의 결과적이고도 파생적인 산물이다.214) 친밀함은 유한한 세상의 한계지어짐에도 함께 맞서며 관계의 지평선을 끝없이 확장하여 나아가게 한다.

'두 번째'의 본성은 목적을 '지향함'보다는 '하고자 하는 노력'에 있고, '선택됨'에 있기보다는 '책임짐'에 있다.215) 그래서 스스로 확고한 '결심'의 절차를 거치며, '나'와 '타자' 사이의 '간격'을 통해서, 서로 마주 보며 각자 자신이라는 존재의 벽에서 나오는 위험을 감수한다216) ; '친밀함'에서 비롯되는 '두 번째 사랑'에서는 나의 타자를 세상에 작용하는 힘의 관계에 굴복하게 하거나 머물게 하지 않고, 세상을 움직이는 거대한 톱니바퀴의 일원으로

---

213) *Une seconde vie,* p. 151.
214) *Une seconde vie,* p. 152.
215) *Une seconde vie,* p. 152.
216) *Une seconde vie,* pp. 152~153.

서 대상화시켜 목적이 투영된 대상으로 보지 않으며, 한계지어진 세계 저 너머에서 나와 같은 주체로서 바라본다. 그리하여 관계는 감정에 휘둘리기보다는 한계 없이 펼쳐지는 무한함에 그 무게를 두는 것이다. 관계는 과장되지 않고, 강요하거나 요청되어지는 것이 아니며, 굳이 말해질 필요도 말할 것도 없으며, 일상의 아무것도 아닌 것들 안에서 확인될 뿐이다. 이렇다 할 사건이 없는, 즉 이야기할 것도 묘사할 것도 굳이 요구되지 않는, '친밀함'의 '두 번째 사랑'은 그저 흘러가는 강물과 같아서, 묘사하고 증명함으로써 드라마틱하게 전개되는 사랑과는 다르다. F. 줄리앙에 의하면 이것이 어째서 두 번째 사랑에 대한 소설 이야기가 없는지를, 또는 사랑의 이야기는 왜 대부분 첫 번째 사랑에서 멈추는지에 대해 이해할 수 있게 해준다.[217]

'두 번째 사랑'은, 쟁취함에 온 전력을 쏟는 첫 번째 사랑과는 달리, '**지속하여 나아감(entre-tenir)**'에 그 의미를 둔다. 즉, 나와 타자 '사이(entre)'에서 한계지어짐 없이, 고착됨 없이, 무한으로 가는 관계에 그 중요성을 둔다. 다시 말하여 나와 타자의 관계가 성립되면서 관계를 고착시키고, 한계지음으로써 피할 수 없는 관계의 상실로 나아가는 대신, 나와 타자에서 끊임없이 오고 갈 수 있는 '사이'의 간격을 사라지게 하지 않고 '유지'하며, 지속하게

---

217) *Une seconde vie*, p. 154.

함이 중요하다. 이것이 '두 번째 사랑'의 전략이기도 하다.218) F. 줄리앙에 의하면, 첫 번째 사랑의 전략은 타자를 향해 있으며, 사랑이라는 이름으로 행해지는 모호함 아래, 쟁취하려는 자와 방어하는 자의 고군분투 속에서 전개되는 반면, 두 번째 사랑의 전략은 문화적으로 축적되어 온 심리학적인 앎을 그 바탕으로 하고 있기에 그리 간단한 문제가 아니지만, 확실한 것은 현대적 의미에서 실존이 무엇인지를 성찰해 봄으로써 생각해 볼 수 있다.219) 즉 밖에 나와 있을 수 있는, 존재로부터 자유로워짐이 무엇인지 성찰해 봄을 통해 두 번째 사랑에 대한 전략적인 문제에 다가갈 수 있다. 사실 사랑에 대한 '전략'이라 함은, 사랑에 '전략'을 운운함에서 한편으로는 불쾌한 면이 다분하고, 다른 한편으로는 절대적 존재에서 나와 삶과 사랑의 비상응함을 말하는 F. 줄리앙의 의도와는 거리가 있음으로써 혼란스러울 수도 있지만, 여기서 언급하는 사랑에 대한 전략의 문제는 앞서 피력했듯, 관계의 시작이 아닌, 또는 타자에 대한 소유의 문제가 아닌, 이 땅에 발을 딛고 살아가는 지극히 현실적인 관점에서 친밀한 관계를 '유지하고자 하는' 노력의 면에서 생각함으로 볼 수 있다.

이러한 관점에서 F. 줄리앙이 언급한 무한히 지속 가능한 '두

---

218) *Une seconde vie*, p. 155.
219) *Une seconde vie*, p. 156.

번째 사랑'의 전략은 '외면함'이다. 물론 이는 '나'와 '타자', 두 주체 간의 유희적인 놀이 또는 연극적인 것으로서 둘 간의 일종의 합의된 공모를 통해 가능하다. 즉 나의 타자를 다시 외재적으로 놓고 첫 번째 사랑에서 처음 거쳤던 그 단계의 욕망의 대상으로 보며 한계지어진 세계 안에서 쟁취하기 위하여 다시 지향해 보는 것이다. 이는 '친밀함(l'intime)'[220]이 고착된 상태로 변하지 않도록, 즉 개념화되고 정의(定意)됨으로써 관계가 무한히 펼쳐져 나가는 가능성이 사라진, 다시 말해 본질과 속성으로 한계지어져 **'친밀성(l'intimité)으로 박제되지 않도록 하기 위함**이다 ; 달리 말하자면 이는 '친밀함'의 무한함이 무한성으로 고착되지 않도록, 그래서 친밀함에 안착하지 않도록 첫 번째 사랑의 전략으로 다시 돌아감이다.[221] 이에, 첫 번째의 에로스적인 사랑으로 돌아가 이를 다시 가동하는 것으로, 나의 타자를 다시 욕망의 대상으

220) '친밀함(l'intime)'과 '친밀성(l'intimité)'에 대하여 구체적으로 설명하면 다음과 같다 : F. 줄리앙이 말하는 전자의 '친밀함(l'intime)'은 본문에서 언급했듯 보편적인 하느님과 나 사이가 아닌, 하느님과 개별적 주체로서의 나를, '너'와 '나'로서 '만나는' 아주 내밀한 관계로 전환시키는, 아우구스티누스가 『고백록』에서 말한 것에서 따온 것이다. 전자의 '친밀함(l'intime)'은 너와 내가 마음속 무한히 깊이 끊임없이 만나는 '아주 내밀한 관계'로서의 '친밀함'이다. 그런데 이러한 무한한 '친밀한 만남'이 사라지면서 '친밀함'에 한계가 지어진다면 이는 '친밀함'이 고착된 상태로 되어 '친밀성(intimité)'으로 박제되고 만다. 이는 한편 '친밀함'은 동사 '친밀하다'의 생생한 오고 감이 그대로 명사화된 것이고, '친밀성'은 그 사전적 의미로서 사이가 매우 친하고 가까운 성질로, '친밀함'의 성질이 한계지어져 하나의 '속성'으로서 '정의'된 '개념'이기 때문이다.

221) *Une seconde vie*, p. 156.

로서 상정하고 쟁취하고자 하는 일련의 여정을 두 주체 간의 보장된 음모 안에서 다시 겪어봄이다. 다른 한편으로, 함께 무한히 나누는 친밀함으로 인해 서로에게 한없이 온화해짐으로써, 관계가 서로에게 지나치게 나긋나긋해지게 되면서 서로의 생생함을 잃어버릴 수도 있기에, 타자를 다시 외재화하는 것이다. 결국, 중요한 것은 관계에서 두 주체 간의 '거리'를 확보해 나감을 통해 서로를 생생하게 바라볼 수 있고 서로의 견해를 오가게 할 수 있는 '사이'를 유지해 나감에 있다.222) 나의 타자는 '거리'의 '간격' 없이는 출현하지 않는다. 그래서 두 번째 사랑에서 돌아와 이렇게 공모된 합의 속에서 다시 겪어보는 대상적 존재로서의 첫 번째 사랑은, 단순한 유혹을 넘어선 결핍의 변증법에 대한 도전이기도 하며, 여기서 두 번째 사랑의 성적인 부분은 단순히 즐거움의 충족에 그치거나, 그 후 빠지는 권태로움의 굴레 안에서 허우적거리거나 하지 않는다.

F. 줄리앙이 제시하는 '두 번째 사랑'이 퇴색되지 않게 하면서 지속되게 하는 또 다른 전략은, 인류의 가장 오래된 책략 중 하나로서 함께 축제를 준비해 봄에 있다223) : 축제를 준비하고 기다림을 통해 한계에 다다르게 되는 지속의 시간에 생기를 부여할 수

---

222) *Une seconde vie*, p. 157.
223) *Une seconde vie*, p. 157.

있다. 시간의 지속은 필연적으로 관계의 안착과 함께 관계의 생동감을 사라지게 하기 때문이다. 그리하여 각자 자신의 배역을 창조하면서 둘만의 신화를 만들고, 계속하여 이를 다양하고 새롭게 만들어 나가는 것이다. 허구적 실존을 바라봄으로써 실재의 안착하려는 관계에서 나와 볼 수 있다. 마지막으로 제시하는 방법은, 함께 그림이나 음악을 감상하거나 풍경을 관망해 보는 것이다.224) 서로의 존재를 직접적으로 지향하지 않고 그림이나 음악, 풍경을 매개로 그 '사이'에서 이들을 함께 감상함을 통해 만나는 것이다. F. 줄리앙이 말하는 '만남'이란 공간적인 장소를 의미하는 것이 아니다.225) 특정한 공간에서 만나는 존재적 개념의 만남이 아닌, '나'와 '타자' '사이'에서 끊임없이, 무한히 미세하게 오가는 관계적인 만남이다. 그래서 이는 한계지음 밖에 있을 수 있는 실존의 전략이기도 하다. 이렇게 '두 번째 사랑'은 첫 번째의 욕망적인 사랑으로 다시 나아가며, 사랑의 차원을 돌고 돈다. '두 번째 사랑'은 지혜가 해결하지 못한, 사랑의 처절함의 질곡으로부터 '나옴'으로써 비로소 시작하는, 다시 하는 사랑이자, 또 다른 의미에서의 처음의, 새로운 사랑이다.

그리하여 '두 번째 삶'과 '두 번째 사랑'의 '두 번째'는, 이러한

---

224) *Une seconde vie*, p. 158.
225) *Une seconde vie*, p. 158.

'나옴'의 의미에 무게를 두면서 온갖 관념과 시선으로부터 한계 지어지고 고착됨에서 나온 삶과 사랑이고, 다시 살고 다시 실천하는 삶과 사랑이며, 그러나 반복됨이 아닌 새로운 시작이다. '두 번째 삶'과 '두 번째 사랑'은 생생하게 사는 삶과 사랑으로서 한계 지어짐 없이 삶의 역량을, 사랑을 펼치는 삶이다. '두 번째 삶'은 진정한 실존의 삶으로서 나의 역량을 한계지음 없이 펼치며, 뚫고 나아가는 거침없는 삶이다 : '두 번째 사랑'은 두 번째 삶을 바탕으로, 나의 타자를 한계 없이 나 안의 가장 깊이 머물게 하면서, 존재 저 너머의 '친밀함'을 함께 나누는 사랑이다. 왜냐하면, '두 번째 삶'과 '두 번째 사랑'은 한계지음에서 벗어나 실재를 마주하는, 밖에 나와 있는 존재로서의 실존적 삶과 사랑으로서 죽음과 끊임없이 대면하면서 죽음 저 너머에서 나누는 삶과 사랑이고, 그래서 절실하고 절절한 삶이자 사랑이기 때문이다.

'두 번째 삶'과 함께 가는 '두 번째 사랑'은 존재의 한계지음 너머, 달리 말하자면 존재의 저 깊은 곳에서 함께 나누는 친밀함이기에 관계의 끝, 또는 한계에 봉착하지 않는다. 반면 끊임없이 타자를 찬양하고 사랑을 선언하고 입증해야 하는 첫 번째 사랑은, 이러한 관계 속의 욕망(에로스)과 희생(아가페) 사이에서 투영되어 타자가 대상화됨으로써 욕망이 충족되면서 실망과 허무함의 나락으로 빠지는, 처절함과 한계가 분명한 사랑이다. 물론 자연스레 어느 순간 두 번째 사랑으로 나아가든, 관계를 단절하고 다음 사랑을 하든, 또는 그 처절함에 빠져 아예 관계 자체를 갖지 않든 어쨌든 첫 번째 하는 사랑은 F. 줄리앙에 의하면 한계가 지어진 사랑이다.[226] 그래서 첫 번째가 아닌, 두 번째 사랑이야말로 한계지어짐 저 너머의, 존재 저 너머의, 무한히 흐르는 사랑이며, 나의 타자와의 친밀한 관계 그 자체로서 현재가 펼쳐지는 생생한 사랑이다.

226) *Une seconde vie*, p. 140.

나오면서

두 번째 사랑과 두 번째 삶은 미래와 과거 사이에 관념적으로 규정지어진 시간이 아닌, 단편단편 조각난 시간의 이어짐도 아닌, 삶 그 자체로서 현재의 삶을 펼치게 한다. 엄밀히 말해 미래에 할 후회로, 미래에 투영된 근심으로 현재가 있는 것도, 어떠한 단편적인 순간에 대한 바람이나 기억으로 현재가 온전히 의미를 갖고 드러남도 아니다. 미래에 할 후회를 하지 않기 위하여, 원하는 순간을 맞이하고픈 바람이나 맞이했던 기억 덕분에 현재에 동기가 부여되거나 단편적인 의미를 갖는다고 해도 현재가 그 자체로서 내 앞에 보이거나 펼쳐지지는 않는다 ; 하루하루, 순간순간을 살아낼 뿐인 존재 저 깊은 곳에서 나의 현재란 그저 버겁고 불안한 대상이 될 뿐이다. 계속해서 펼쳐지고 있지만 그렇지 못한 나의 현재는 보이지 않으며 그저 또 살아내야 하는 조각조각의 현실로 다가올 뿐이다. 아무리 현재 자체의 소중함이나 아름다움을 누군가 끊임없이 말한다고 해도 내 삶에는 펼쳐져 내보이지 않는다. 본디 존재의 본질상 '있음' 자체는 실존적 차원에서 '지금, 여기'에서의 절대적으로 상응되는 '현재 있음'이 아닌 '가까이 있음'일 뿐이라면, 그렇다면 현재의 드러남은, 그래서 현재를 살아감은 불가능한 것인가? 여기서 프랑수아 줄리앙은 타자와 깊은 내면의 '친밀함'을 나누며 지치지 않고 무한히 나아가는 관계로서의 '두 번째 사랑'을 통해, 그리고 '경험'의 걸러짐을 통해 '밝음'에 다다르게 됨으로써 시작되는, 누구나 닥쳐올 죽음 앞에 마주하여 자각되는 생생한 삶으로서의 '두 번째 삶'을 통해 불투명한 현재가 투명하게 펼쳐질 수 있음을 말한다.

존재함의 답답함은 생각하는 것만 생각하며 늘 사유하는 방식으로만 사유하는 한계지어진 사유적 틀에 있을 것이다. 사유적 틀이란 휩쓸리기 쉬운 대중의 견해(플라톤의 억견)나 편견에 편향되지 않는다고 하더라도, 역사적, 문화적, 언어적으로 오랫동안 형성되어 스며든 이데올로기와 같은 관념적 틀도 포함한다 : 서양에서 '있음'의 '존재'는 생성과 소멸의 또는 출현함과 후퇴함의 반복하는 변화의 여정으로서 사유되기보다 '절대적 있음'으로서의, 그것이 무엇인지에 대해 정확하게 한계지어 정의하는, 일명 학문적인, 관념과 실재가 정확하게 상응하는 사유의 작업에 몰두하였다. 그리하여 실재의 세계와 관념의 세계는 이분화되어 후자는 진리의, 이상의 세계로서, 비상응함의 연속인 지금, 여기라는 실재의 세계, 곧 현재는 이상의 세계에 다다르기 위해 견디고 감내해야 하는 불완전한, 그리고 믿을 수 없는 세계로 자리 잡을 수밖에 없었다.

'삶'은 관념적 상응에서 벗어난 비상응함의 연속이다. 프랑수아 줄리앙에 의하면, '현재(있음)'는 흐르는 여정으로서 **'가까이 있음(l'être-près, la présence)'**일 뿐 공간화되어 절대적으로 규정지을 수 없다 ; 공간화됨은 '절대적 **있음(l'Être)'**으로 고착화된 것이며, 절대적 있음, 즉 영원한 있음이 아닌, '가까이'의 '간격'을 통해 출현과 후퇴 또는 있음과 없음을 반복하는 '현재'의 '있음'은 공간적으로 고착화하여 생각할 수 없다. 고착화됨으로써 '있음'으로만 가득 참은, 현재를 불투명하게, 즉 아무것도 볼 수 없게 한다. '삶'은 '현재 있음'의 진행형이지만, 실재와 관념 사이 비상응하는 '삶'은 언제나 '간격'이 있다. 그래서 지금, 여기의 그 순간, 그당시의 우리는 정작 아무것도 느끼지 못하는 것이다. 얼마간 시간이 흐른 후 그것이 무엇이었는지, 또는 얼마나 그 시간이 소중했는지를, 아니면 얼마나 그 사람이 좋은 사람이었는지, 또는 그렇지 않았는지를 알게 되는 것이다. '삶'은 반복이라고 하더라도 속단할 수 없는, 예측불허의 생생한 '경험'의 연속이며, 실재와 관념 '간격' 그 사이에서 작용하는 '의식'은 시도적 차원의 첫 번째 경험보다는, 나도 모르게 조금씩 나아가는 그 연장선에서 반복이지만 다시금 새롭게 취하는 다음의 '두 번째 경험'을 통해 걸러지면서 밝아진다. 그리하여 한계지어진 존재의 답답함에서 벗어난 '실존(l'ex-sitence)'의 삶, 즉 온갖 편견이나 억견, 세상이 부여하는 이러저러한 관념들에서 벗어나 밖에 있는 존재의, 진정한 의미의 자유로운 존재의 삶으로서 '두 번째 삶'을 시작해 볼 수 있다.

익숙함이 곧 앎은 아님을 말하는 프랑수아 줄리앙 사유의 의의는 철학 자체가 아닌 '철학함'에 있다. 이는 프랑수아 줄리앙이 중국 사유와 서양 사유 간의 비교철학을 추구함도, 그렇다고 전혀 새로운 철학을 지향함도 아닌, '사유함' 자체, 즉 철학의 가장 근본적인 여정에 그 의의를 두기 때문이다. 폴 리꾀르가 언급하였듯[227] 프랑수아 줄리앙의 사유에 대한 성찰은 주제적 단계, 계보적 단계, 재범주화의 단계, 이렇게 세 단계로 크게 정리해 볼 수 있다 : 우선 그는 익숙한 개념적 사유의 범주에서 나와, 사유를 거슬러 올라가 볼 것을 제안하면서 출발한다. 그래서 주름지어진 것, 즉 사유되지 않았던 부분, 다시 말해 그들의 역사에서 오랫동안 도외시 되어왔던 부분, 사유의 주름진 부분을 밖으로 드러내 보고자 한다. 이러한 여정을 위해 자신이 태어나고 성장해 온, 유럽 사유의 유전적 형질과 전혀 다른 사유를 마주 세우며 대화의

227) «Note sur "Du temps", éléments d'une philosophie du vivre», *Jullien*, Le Cahier dirigé par Daniel Bougnoux et François L'Yvonnet , L'Herne, Paris, 2018, p. 63.

장을 마련한다. 이 대화에서 사유적 타자, 즉 유럽 또는 서양의 사유에 맞서 있는 타자는 중국의 사유이다 : 고대 그리스적 사유에 있어 타자는 고대 중국의 사유이며, 사유 간의 작업은 이들을 서로 마주 보게 함으로써, 다시 말해 단순히 나란히 옆에 놓고 비교하는 비생산적 작업에서 벗어나 사유의 그 근본적 바탕까지 거슬러 올라가 고찰해 봄에 있다. 그래서 사유를 본질적으로 환기해 볼 수 있는 사유의 창을 마련함에 있다. 이에 프랑수아 줄리앙에게 있어 사유적 타자는 철학의 가장 기본적인 본연의 임무, 즉 사유함 자체를 수행할 수 있도록 하는 중요한 역할을 함과 동시에, 기존의 익숙해진 사유의 궤적에서 나와 감춰진 사유의 주름을 드러내는 성찰적 역할을 한다. 그리하여 고착화된 개념적 범주에서 나와 기존의 범주로부터 '벗어나 봄'으로써 세계를 새롭게 보고, 사유의 한계지음 저 너머, 좀 더 넓어진 사유의 지평선에서 사유를 '재범주화'하는 것이다. 다시 말해 이러한 고찰은 사유적 타자를 통해, 사유적 타자를 마주함을 통해, 고착되고 한계지어진 사유의 틀을 환기하며 기존의 것을 '탈범주화(dé-catégoriger)'하고 또 '새롭게 범주화(re-catégoriser)'하면서, 한계지음 저 너머, 사유의 지평선을 끊임없이 확장해 보는 것이다.

이는 철학도가 아니더라도 삶에서 꼭 필요한 사유의 작업일 것이다. 왜냐하면, 삶이란 크고 작은 선택의 연속으로서 그 선택의 결과를 스스로 책임지는 여정이라면, 이는 제대로 사유할 줄 알아야 가능한 것이기 때문이다. 사유함이란 생각하는 여정으로서 스스로 생각할 줄 아는 능력이며 이러저러한 기존의 관념들을 그대로 답습하여 적용함이 아닌, 창조적인 형태로 의심할 줄 앎이다. 철학이 이러한 '사유함의 여정'이란 의미로서 철학이라는 존재 자체보다 '철학함'에 그 본연의 의미를 둔다고 한다면, 그리고 이제 이것이 '있음'의 '절대성'보다는 변화하면서 반복하는 '삶'과 관계하는 '있음'에 무게를 둔다면, 그래서 이러한 '있음'이 곧 '실존'이고 프랑수아 줄리앙의 언급대로 이것이 '밖에 있음', 즉 '어떠한 한계지음에도 고착되거나 옭아매이지 않는 있음'을 의미한다면 실존함 자체는 곧 철학함이 된다. 그리하여 프랑수아 줄리앙의 이 같은 작업, 즉 사유적 타자와 마주 보며 사유를 끊임없이 환기해 보는 작업은, 철학자로서의 진정한 사명이기도 하다. 말하자면 프랑수아 줄리앙의 사유에 대한 성찰의 작업은 철학함의 하나의 전략을 보여주는 것이다.

그런데 중국의 사유는 어떻게 타자의 사유인가? 유럽의 사유는 어떻게 중국의 사유를 마주 보는가? 이는 사유들 사이에 '간격'이 있기 때문이다. 그렇다면 프랑수아 줄리앙에게 '간격'이란 무엇인가? 앞서 살펴보았듯, 프랑수아 줄리앙의 『간격과 사이』[228]에 의하면, **'간격(l'écart)'** 이란 단지 '차이(la différence)'에서 발

---

228) *L'écart et l'entre,* Galilée, Paris, 2012.

생하는 것이 아니다 : '간격'은 '**전혀 다름**(l'hétérogénéité)'에서 파생되는 것이다. 즉 '**차이**(la différence)'**의** '**다름**'**이 아닌** '**거리**(la distance)'**의** '**간격**'은, 공통된 무언가를 전제하지 않는 개별적 두 주체의 '사이'를 말한다. 그래서 '간격'은 그 정체성을 밝히는 '정의(定意)'를 향해 가지 않는다. '정의'란 공통된 것을 바탕으로 '차이'를 구별해 냄으로써, 절대적으로 **한계짓는 것**(la dé-finition)이다. 공간적으로 그리고 역사적으로 전혀 다른 맥락을 바탕으로 하는 두 사유, 중국의 사유와 서양의 사유는 하나의 공통된 범주 안에 묶여 정의할 수 없다. 이에 이들 '사이'에는, 하나의 범주 안에 묶이는 '차이'의 '다름'이 아닌, '간격'의 '전혀 다름'이 발생하게 된다. 그리고 '간격'은 절대적인 한계지음을 지향하는 '차이'가 아닌, '사이'를 발생시킨다. 두 사유 간, 나와 타자 간의 '개별적' 두 주체는 '차이'가 아닌, '간격'이 있는 관계이며, 그 '사이'에서 전혀 다른 두 사유, 또는 나와 타자는 주체와 객체(목적적 대상)가 아닌 두 주체로서 끊임없이 서로 교통하며 대화를 시도하게 된다. 그렇다면 전혀 다른 두 사유의 교통은 어떻게 이루어지는가? 그 사이에서 대화는 어떻게 가능한가?

'**대화**(dia-logue)'**란 어원적으로** '**간격**(dia)'**과** '**언어**' **또는** '**이성**(logos)'**이 합쳐진 것으로, 여기서** '**이성**'**은 이해 가능함**(l'intelligible)**의 공통적인 부분**을 말한다. F. 줄리앙의 『간격으로부터 경이로움까지』229)에 의하면, 이해 가능함의 능력이란 주어진 것이 아니라 **발전시키는 것**으로서 서로 다른 언어 또는 이해 사이의 '간격'에서 한계짓지 않는(고착시키지 않는) '사이'가 수행되는 것이다. 그래서 이성의 **이해 가능함의 능력**(l'intelligibilité)은 확장되면서 우리의 지성도 발전하여 나아가는 것이다. 즉 '대화'란 본래 서로 전혀 다름의 간격을 통한 말, 즉 이성의 오고 감이다. 그리하여 한편으로는 동질적인 것이 전제되는 '**차이**(différence)'가 아닌, 서로 '**전혀 다름**(hétéro-généité)'의 수용 없이는 '대화'를 통한 '**바라봄**'은 가능하지 않다. 다른 한편, 언어는 복수이기에 우리는 모두 자신의 언어를 가지고 있고 간격이 있는 서로 다른 언어이지만, 폴 리꾀르에 의하면, 같은 것을 다르게 말할 수 있는 언어 자체의 기능, 또는 프랑수아 줄리앙이 말하는 '지성'이라는 공통분모를 통해 '대화'가 가능한 것이다. 그리하여 폴 리꾀르가 언급한 대로 서로 전혀 다른 언어일지라도, 언어 자체에 내재해 있는 것, 즉 같은 것을 다르게 말할 수 있는 언어의 성찰적 기능 덕분에 번역 불가능함의 문제로부터 자유로워진다.230) 그래서 전혀 다른 언어로 말해지는 전혀 다른 문화의 사유일지라도 번역 불가능한 사유도, 지성을 바탕으로 이해 불가능한 사유도 없다. 결국 프랑수아 줄리앙이 사유적 '타자'와 함께 단순한 비교가 아닌, 사유들 사이의 '간격'을 두고 수행하는 진정한 '대

---

229) *De l'écart à l'inouï*, p. 62.
230) «Note sur "Du temps", éléments d'une philosophie du vivre», *Jullien*, p. 64.

화'를 통해 성찰하는 작업은, 다양한 문화들이 공존하는, 세계가 지구촌이 된 이 시대에 더욱 의미가 있으며, 이를 통해 복수의 문화들에서 성찰되어 발전된 다양한 사유적 자원들은 우리의 사유의 지층을 더욱더 비옥하게 하고, 사유의 지평선을 끊임없이 한계지음 저 너머로 나아가게 할 것이다.

그렇다면 프랑수아 줄리앙의 사유의 전략과 그 작업 내용이 우리에게 의미하는 바는 무엇인가? 프랑수아 줄리앙은 스스로 고백하듯, 그리스 사유가 그의 사유의 유전적 형질로 깃든 프랑스 철학자이다. 이는 그가 유럽의 저명한 중국학자인 것보다 중요한 사실이다. 그가 사유들 사이에서 탈범주화하고 재범주화하면서 성찰한 주요한 동기는, 우선 타자, 즉 중국의 사유를 통해 서양 철학의 바탕을 이루는 것—존재론—에 대해 새로운 시선으로 고찰하고 좀 더 근본적으로 다가감으로써, 익숙해진 사유의 틀에서 나와 사유의 한계 저 너머에서 사유해 보려 함이다. 말하자면 이는 유럽의 사유가 지금까지 오랜 시간 지속하면서, 어떠한 부분을 외면했고 간과했는지를, 상대적으로 어떠한 부분은 첨예해지면서 고착화가 되었는지를, 그래서 자기도 모르게 어떠한 한계지음에 묶여 있는지를 성찰해 보고자 함이다. 그리하여 철학을 떠받치고 있는, 철학의 바탕을 이루는 것—이 글에서는 '시간'에 대해—, 자신의 사유의 문화적 한계지음으로부터 나와 가능하면 그 바탕에서 고민해 보고자 하는 것이다. 이것이 다른 한편으로,

프랑수아 줄리앙이 말하는 타자, 즉 중국의 사유를 마주 봄을 통해 성찰하는 사유의 우회로이자 회귀이다. 프랑수아 줄리앙에게 이러한 철학의 인프라를 드러내게 하는 것이 바로 사유적 타자, 즉 중국 사유이다. 이는 중국의 사유가 거대한 문명들의 발상지 중 하나의 사유로서 그리스 사유와는 공시적, 통시적으로, 즉 역사적, 문화적, 언어적으로 전혀 다른 바탕을 가진, 가장 오랫동안 그들 유럽과는 어떠한 교류나 접점도 없이 서로 다른 맥락에서 변화하고 발전해 온 사유적 타자이기 때문이다.

그러나 유럽에서 중국의 사유는 단순한 삶의 지혜나 철학의 하위 개념으로서 매우 일반적이고 일상적인 것, '삶'과 관련된 우화나 처세술과 같은 것으로 치부되어 학문적으로 진지하게 다루어지지 않는 경향도 존재한다. 개념화할 수 없는, 끊임없이 변화하여 한계지을 수 없는 비상응함의 연속인 '삶'은, 서양의 고전적 철학의 범주에서 배제된 채 오랫동안 도외시되어 왔다. 여기서 프랑수아 줄리앙은 중국 사유를 통해 유럽의 철학의 존재론적 사유에 가려져 외면되어 왔던, 끝없이 전환하며 변화하며 나아가는 '삶'에 대한 사유를 철학의 사유적 자원으로서 되살려 사유의 지평선을 넓히는 동시에, 그들에게 익숙한 존재론적 사유와는 다른 차원의 사유적 인프라를 새롭게 되살려 재구축해 보고자 시도한다. 앞서 언급했듯 사유와 관련한 그의 성찰적 작업은 사유의 지층을 한층 풍요롭고 다채롭게 할 것이며, 사유의 고착화에서 벗어나 끊임없이 새롭게 볼 수 있는 시선의 바탕이 되어줄 것이다. 이는 본디 '철학'이란 타우마제인(taumazein, 경이로움)에서 출발함에서, 즉 세계를 끊임없이 새롭게 보며 끊임없이 질문함에서 가능한 학문이기 때문일 것이다.

프랑수아 줄리앙은 중국의 사유를 철저히 로고스, 즉 언어로 풀고 지성적으로 하나하나 새기는 작업을 한다. 그리하여 그의 작업이 다른 한편으로는 중국 사유를 한계짓거나 자신의 한계지음에 오히려 또다시 갇히는 것으로 볼 수 있겠으나, 언어를 통해 하나씩 풀어내는 작업, 즉 학문적으로 엄격하게 풀어내어 한계짓는 작업은 사유들 사이 대화를 위해, 그래서 중국의 사유를 사유적 자원으로 새롭게 거듭나게 하고 사유의 창을 마련하기 위해 한 번은 꼭 필요한 작업일 것이다.

결국, 프랑수아 줄리앙의 작업은 우리에게 어떠한 의미가 있는가? 우리에게는 상대적으로 익숙한 중국의 사유를 그의 작업을 통해, 우리에게 타자인 유럽의 사유와 함께 고찰함으로써, 우리가 갇혀 있던 사유의 한계에 대해 성찰해 볼 수 있을 것이다 : 익숙해진 중국 사유를 낯설게 해보고 새롭게 다시 생각해 볼 수 있다. 그리하여 우리 또한 사유의 한계지음에서 벗어나 사유해 보지 않았던 것, 사유의 주름에 대해 성찰해 보는 프랑수아 줄리앙의 작업에 대자적으로 함께 동참할 수 있다. 사유의 '마주 봄'은 한쪽만 주체로 정립되지 않고, 다른 쪽도 함께, 즉 대상이 아닌 동일한 주체로서 상호작용한다. 그래서 기존의 사유의 틀에서 나와 보기도, 다시 새롭게 묶이기도 하는, 즉 사유를 우회하고 회귀하는 그의 작업과 함께하면서 사유의 한계지음 저 너머 '실존'하는, 진정한 의미의 **'밖에 있는 존재(l'ex-istence)'로 거듭날 수 있다.**

이렇게 프랑수아 줄리앙에게 타자란 사유적으로 마주 보게 하는 중요한 역할을 하지만, 존재적으로도 그렇다. 즉 프랑수아 줄리앙이 피력했듯 '절대적 있음(l'Être)'이 아닌, '현재'의 **'있음(la présence)'**이란 **'가까이 있음(l'être-pres)'**으로서 '지금 여기 있음'이 아니다. 그래서 시간적, 공간적으로 고정되어 한계지어질 수 있는 것이 아니다. '현재'는 **타자와 함께 저 깊이 나누는 '친밀함(l'in-time)'을 통해 집약되며** 드러나고 펼쳐진다. 한계지어진 존재로 갇히지 않고 실존하면서 현재를 삶은 '나의 타자(Autre)'를 통해, 타자와 함께 타자와의 '사이'에서 가능하다 : 나의 과거는 친밀했던 타자들과의 관계의 합이며, 나의 현재 또한 마주 보고 있는 타자와의 친밀한 관계를 통해 나와 타자 그 사이에서 펼쳐지는 것이다.

그런데 타자와의 '친밀함'을 통해 실현되는 '가까이 있음'의 '현재'는 그 불투명함에서 벗어나 실재적으로 드러나면서 펼쳐질 수 있는가? 무한히 깊이 나누는 내밀한 관계를 '친밀함'이라고 한다면, 즉 '친밀함'에 대한 이러한 아우구스티누스적 접근에서처럼 우선 가장 깊은 곳보다 더 깊이, 즉 무한히 깊이 타자와 만나기 위해, 나는 나로부터, 한계지어진 나로부터 끊임없이 나와야 한다. 나의 한계지음에서 끊임없이 나옴으로써 만날 수 있는 타자는, 나 안의 무한히 깊이 머묾으로써 한계 저 너머에 있는 타자이다. 여기서 타자는 논리적 도구로서가 아닌, 다시 말해 '절대적 한계지음(la dé-finition)'을 지향함으로써 같음을 바탕으로 다름을 구별해 내는 '**다름**(la différence)'의 타자가 아닌, 그래서 선언과 **증명, 이벤트를 요하지 않는, '사이**(l'entre)'의 '**간격**(l'écart)'이 **바탕**이 되어 함께 하는, 소란스럽지 않는 사랑을 나누는 타자이다. 나와 타자의 관계는 주체와 대상의 관계가 아닌, 주체와 주체 간의, 개별적 주체들 '사이'에서 역동적으로 오가는, 관계가 한계지어지지 않은, 즉 정의되지 않은, 한계지음 저 너머의 친밀함을 나누는 관계이다. 이러한 친밀함은 시공간적인 한계에도 묶이지 않는, 무한히 흐르는 친밀함이다. 한계에 묶이지 않는 관계는 나와 타자의 '사이'가 거미줄처럼 계속하여 구축되는 가능성의 관계이다. 폴 리꾀르의 언급처럼[231] 시간은 무엇인가가 일어나는 것을 둘러쌓고 있는 불가피한 관념적인 겉피라면, 다시 말해 시간은 흐르는 것이어서 '현재'는 어원 그대로 '가까이 있음'일 뿐이라면, '현재'는 존재의 한계지음 저 너머에서 나와 타자 사이에서

---

231) Mais le temps est-il nécessairement «dans quoi les choses arrivent»? («Note sur "Du temps", éléments d'une philosophie du vivre», *Jullien*, p. 64)

나누는 '친밀함'을 통해, 그 '꽉 차 있음'의 고착된 있음의 '불투명함'으로부터 벗어나 투명하게 펼쳐질 수 있다. 그래서 한편으로 '현재 있음'은 불투명한 '지금, 여기'가 아닌, 아이러니하게도 '거리가 상정된 있음', 즉 '가까이 있음'이기도 하지만, 다른 한편으로 이는 무한히 내밀한 관계의, 즉 '친밀한 타자'와의 그 '사이'에서 투명하게 드러날 수 있음을 의미하기도 한다. 한편 이러한 '친밀한 현재'에서의 타자와의 만남은, 무한히 깊은 만남을 위해 한계지어졌던 나로부터 끊임없이 나와야 함으로써, 나 또한 새로운 나를 발견하며 대면할 수 있게 한다. 요컨대 한계지음에서 벗어나 실존하게 함으로써 나를 현재(現在)하게 한다. 이렇게 타자와의 무한히 깊은 '친밀함' 안에서의 타자와의 만남은, 마치 시간의 흐름에서 나온 듯, 또는 시간이 정지된 듯, 그리하여 시간적 관념의 틀에서 해방된 듯, 텅 비게 된 마음과 함께 비로소 현재의 불투명함을 걷어낸다.

다른 한편, 반복되고 점진적으로 축적되면서 진전되는 경험, 즉 '두 번째 경험'을 통해 서서히 다다르게 된 '밝음'은 '두 번째 삶'으로 인도하는데, 이러한 시작은 또한 '첫 번째 경험'이기도 하다. 첫 번째 경험과 두 번째 경험은 서로 맞물려 돌아간다.[232) 이는 달리 말하면 사랑이나 삶은, 앎이나 지식과는 달리 정확히 한계

---

232) *Une seconde vie,* p. 86.

지어졌다고 하더라도, 즉 그 목적이 획득되었다고 하더라도 그 여정에 끝이 없으며 늘 새롭게 다시 시작해야 함을 의미한다 : 이는 목적에 다다름으로써 만족이 실망으로, 욕망이 지겨움으로 변질되는 처음과 끝이 분명한 한계의 테두리에서 벗어나, '단순한 **반복(la répétition)'이 아닌**, 진전된 형태의, 즉 그 이전과의 연장선에서 나도 모르게 아주 조금씩 나아가고 있는, 다음의 **'새로운 시작(la reprise)'**을 의미한다.233) 이것이 프랑수아 줄리앙이 말하는 '다음' 또는 '두 번째'의 의미이다. '두 번째 경험'을 통해 밝아지게 되면서 이를 바탕으로 시작되는 '두 번째 삶'은, 세상의 한계지음에 편입되지 않는, 밖에 있는 존재로서의 실존적 삶이며, '두 번째 사랑'은 이러한 실존적 삶이 바탕이 되면서 가능해지는 사랑이다. 사랑은 삶 안에서 가능한 것이다. 때문에 '두 번째 사랑'은 한계지음 저 너머의 사랑이며 '침묵의', 그러나 '지칠 줄 모르는 사랑(l'amour qui ne se lasse pas)'이다.

그럼에도 '첫 번째 경험'과 '두 번째 경험'의 맞물림, 다시 말해 '두 번째 경험'이 쌓이면서 시작되는 '첫 번째 경험'으로서의 '두 번째 삶', 그리고 두 형태의 사랑의 맞물림, 즉 '두 번째 사랑' 안에서 에로스적인 면을 간과하지 않는 '첫 번째 사랑'은—때때로 주체 간 합의를 통해, 즉 '외면'이라는 장치를 통해 두 번째 사랑 안

---

233) *Une seconde vie*, p. 170.

에서 첫 번째 사랑으로의 간헐적 회귀—서로를 배제하지 않은 채 함께 간다. 즉 처음과 끝, 오르막과 내리막이 분명한, 한계지어진 에로스의 욕망적 사랑은 끝없이 깊은 내밀한 관계로서의 '친밀함'과 한 쌍으로, '친밀함'의 반대의 의미이지만 이것의 '**부정적인 것**(nég-actif)'으로 '내재적'으로 작용하여 긴장을 형성함으로써 관계가 역동적으로 유지될 수 있도록, 그래서 타자가 고착화되어 불투명해져 사라지지 않게, 다시 말해 관계가 지나치게 밋밋해지지 않게 관계를 활성화하는 긍정적 역할을 한다. 왜냐하면 '긍정적인 것'은 '부정적인 것' 안에서 드러나며, '부정적인 것'은 본문에서 언급했다시피[234] '반대'의 또 다른 의미들(이면의 것, 대립하는 것)과는 다르게 관계를 와해시키거나 고착시키지 않고 다른 극으로서 작용함으로써 긍정적 의미의 긴장을 형성하게 하고 관계를 역동적으로 이끌면서, 결국 긍정적으로 작용하기 때문이다. 다른 반대적 의미들의 창조적이지 않은 부정성은, 관계의 이면에 은밀하게 숨어 관계가 생산적으로 작용하지 않게 함으로써 '바라봄'이 사라진 '친숙함'만 있는 관계(친밀함의 이면의 것)로 치닫게 하며, 차이가 극단화되면서 나와 경계가 뚜렷해진 타자는 익명의 누군가로서 나 밖에 외재적으로 있게 되면서 '무관심(친밀함에 대립하는 것)'하게 변하게 한다. 그럼으로써 한계지어짐 없는 무한히 깊은 관계로서의 친밀함과 한계지어진 에로

---

234) 본문의 목차에서 소제목, '친밀함의 반대적 의미' 참조.

스적 사랑은 서로를 배제하지 않은 채, 서로의 이해와 합의를 구한 안정된 관계 속에서 한 쌍으로서 함께 가는 것이다.

 비상응함의 연속인 변화무쌍한 '삶'은 정의하여 한계지을 수 있는 '앎'의 대상이 아니며, 그 안에서 각 개별적 주체는 순간순간을 맞이하며 살아낼 뿐이다. 그리고 삶과 함께 가는 사랑의 모호함 또한, 정확히 한계지어져 정의할 수 없는, 상응함의 존재의 틀에서 생각할 수 없는 맥락과 그 궤를 함께한다 : 타자를 '앎'과 같이, 목적적 대상으로 지향함으로써 선언과 증명을 통해 성취된 에로스의, 욕망이 이끄는 사랑은 성취의 만족과 함께, 실망 또는 지겨움, 권태와 한 쌍으로 가면서 그 끝이 있는 반면, 존재의 한계지음 저 너머, 다시 말해 한계지어진 나로부터 무한히 나와, 나 안의 나에서 가장 깊이 나누는 '친밀함(l'intime)'은 두 주체 사이에서 오가는, 한계지음 없는, 끝이 없는 관계의 여정으로서, 지치지 않는, 지침 없는 사랑이다.

 '삶'이란 '절대적 있음(l'Être)', 즉 '존재'의 연장이 아닌 '출현 또는 있음(la présence)'이며, 이는 '후퇴 또는 없음'과 한 쌍으로, 그 **'사이'**를 오고 가면서 매 순간 생생한 '경험'으로 점철된 현장이다. '경험'이란 어원적 의미 그대로 '뚫고 나아가는 것'으로서, 어딘가에 부딪히며 무엇에 다다를지 모르는 삶의 여정은, 한계지음 저 너머 새롭게 취함을 주저하지 않고 삶에 직면하여 내적으로 **부정적인 것**(négatif, nég-actif)을 뚫고 나아감에 그 모든 의미가 있다. 왜냐하면 '삶'은 힘겨움을 얼마나 잘 견디느냐로 가늠되는 것이 아니라, 내적으로 부정적인 면을 깨인 눈으로 얼마나 오래 응시할 수 있느냐에 달려있기 때문이다.235) 이것의 의미는 프랑수아 줄리앙이 피력했듯 끊임없이 나아가는 '두 번째 삶'의 '두 번째'라는 다음의 가능성을 품으면서, 부정적인 것이 삶을 움직이게 하고 계속하여 새롭게 시작하는 하나의 동력으로서 삶을 이끌게 하는 긍정적 동력으로 수행하게 함에 있다. 그리하여 단번의 의지적 선언과 돌연한 실천이 아닌, '경험'이 이어지고 축적되면서 점진적으로 조금씩 개혁이 이뤄져 밝아지게 되면서, 어느 순간 지체함 없이 다음의 삶, 즉 '두 번째 삶'으로서의 윤리적 선택을 감행하는 것이다. 이것이 진정한 의미의 '실존', 즉 세상이 부여한 한계, 그 벽으로부터 밖에 있을 수 있는 존재로서의 자유로운 삶이다. 매일, 다음의 날을 맞이함은 반복되는 어제가 아닌, 새롭게 나아갈 가능성을 품고 있는 늘 '두 번째'인 오늘인 까닭에 우리가 누릴 수 있는 최고의 선물이다.

마지막으로 부록(annexe)에서는, 프랑수아 줄리앙의 두 권의 저서를 깊이 읽은 본문과는 구별되지만, 이 글에서 중요하게 언급하는 '시간'이라는 주제와 직접적으로 관계된다는 점, 또한 그

---

235) *Une seconde vie*, pp. 184~185.

의 사유를 거시적인 관점에서 조망하면서 주제에 대해 접근할 수 있도록 돕는다는 점에서 매우 유익하다고 판단되어 번역하여 싣는다. 2001년 출간된 프랑수아 줄리앙의 저서, 『시간』에 대한 폴 리꾀르의 짧은 글이다. 이는 무엇보다도 프랑수아 줄리앙의 의도이기도 하다.

부록: 『시간』에 대한 짧은 글,
삶의 철학의 요소들*

— 폴 리꾀르(Paul Ricœur)

이 담화에서 나는 프랑수아 줄리앙의 가장 최근의 글에 대해 집중하여 논의하겠습니다. 말하자면, 나는 «그리스에서 중국으로 그리고 회귀(De la Grèce à la Chine, allée-retour)»에서 **토론**이라는 제목이 붙은 프로그램의 항목에서 읽은 전체적 도식의 관

---

* Note sur Du «temps», éléments d'une philosophie du vivre, *Jullien,* Le Cahier dirigé par Daniel Bougnoux et François L'Yvonnet, L'Herne, Paris, 2018, pp. 63~66 ; 이 짧은 글은, 중국의 사유를 타자의 사유로서 전략적으로 마주 보면서 성찰하는 프랑수아 줄리앙의 사유를 화두로 삼아 철학 교수들과 철학자들, 그리고 관련된 다양한 분야의 연구자들이 학회에서 발표하거나 쓴 글들을 정리하여 묶은 책에 실린 폴 리꾀르의 글을 번역한 것이다. 폴 리꾀르는 글의 제목에서, 2001년에 발간된 프랑수아 줄리앙의 저서 『시간Du temps』에 대해 논평한 짧은 글임을 명시하고 있다.

점에서 그 각 단계에 맞게 프랑수아 줄리앙의 글을 재배치할 것입니다. 여기서 프랑수아 줄리앙은 서양의 철학적 전통에 대해, 중국을 통해 우회함으로써 간격을 둘 것을 제안합니다. 또한, 자민족중심주의에 대한, 또는 가장 나쁘게는 상호적 무관심에 대한 응수로서, 외국의 것을 회피하는 것에 대한 염려를 읽을 수 있습니다. 나에게 제기되는 문제는, 서양의 철학이 보편성에 대한 도식과 지성(l'intélligibilité*)의 한계짓는 개념 작용 사이의 방정식 안에서 숙련되고 사유되고 있는 기준에 대하여 두 사유의 **사유 가능함들**(intélligibilités*)에 할 것이 있다는 것을 인정한다면, 프랑수아 줄리앙이 그 스스로 "우회-회귀—나는 거대한 작용을 내포하고 있는 이 단어에 대해 주목합니다—에 대해 이로운 점"으로 보았다는 점입니다. 이는 중국을 대면함을 통해 새롭게 묶임으로써 고대 그리스와 히브리 문화 밖으로부터의 해체로 이어지는 방정식입니다. 우위에 상정된 위치에 있음에서 당장 나와야 하며, 이것은 나의 사유가 작용하기 시작하면서부터 가동하게 될 것입니다.

프랑수아 줄리앙의 통상적인 사유의 작업장은 의미 있는 다음의 거대한 조각들을 통해 접근되며 다루어집니다 : 이는 줄리앙의 다음의 저서들, 『**우회와 접근**(Le Detour et l'accès, 1995)』, 『**무미 예찬**(Éloge de la fadeur, 1991)』, 『**윤리 세우기**(Fonder la morale, 1995)』, 그리고 다음의 주제들, 효율성, 미학, 윤리, 그리고 철학의 심장을 유지하고 있는 것으로서 시간과 관계합니다.

나에게 중요한 질문은, 프랑수아 줄리앙이 서양의 "궤적"에서 나가기를 원함으로써 밖에서 비추었을 때, 밖과 마주하여 서양이 정합적인지 아닌지를 앎에 있습니다. 나는 중국에 마주하여 이러한 정합성에 대해 판단할 수 있는 능력을 갖추지 못했습니다. 당신은 **주름**에 대해 말합니다. 시간은 하나의 좋은 예일 것입니다. 그런데 우리가 스스로 안에서와는 다르게 사유하려고 노력하면서 풀기 힘든 문제, 즉 사유의 막다른 지점에 봉착하게 된다면, **주름**이란 무엇입니까? 여전히 생성의 흐름에 있는 전통의 중심 한가운데 그만큼의 사유의 분열이 일어나고 있는 사건들이 흘러넘치고 있는 가운데에, 어떻게 경직된 상태, 즉 **주름**을 탐지할까요? 이러한 주름은 어떠한 단계에 숨어 있습니까? 이 주름이 계몽주의의 어휘에 따라 "편견"이 아니라면, 이는 무엇에 상응합니까? 이것은 바로, 한 문화에서 주름진 것, 사유되지 않았던 것에 대한 물음입니다.

다른 중요한 질문은 다음과 같습니다 : 우리는 **재범주화**[1] 작업에서 무엇에서 도움을 받을 수 있을까요? 한층 더 까다로운 질문인 것이, 프랑수아 줄리앙은 비이성주의자도, 상대주의자도 아니라는 점입니다(그가 정치적인 것과 관념적인 것의 화해에 반대하지 않는 것처럼, "극동 아시아의 이성을 초월한 것"에 반대하지 않습니다 : 사유들의 이해 가능함 사이 **시선의 다름**(le dissensus)

---

[1] "그럼으로써 사유를 '재범주화'하는 작업을 해야 하는 기회가 우리에게 주어진다. 이는 수행되어야 할 의무이기도 하다." (*Le Débat*, n. 116, p. 141)

이 남아 있습니다). 재범주화는 어떠한 **유기적 결합**의 단계에 위치합니까? 이러한 관점에서 『시간(Du «temps»)』이라는 저서는 삶이라는 새로운 주제로서의 지평선과 함께 특별한 권한을 부여받은 시험의 장입니다. **삶의 철학의 요소들**이라는 부제목은 이를 잘 말하고 있습니다.

나는 다음의 비판적인 지점들 : 두 사유로의 사유 가능함들, 주름진 것, 사유하지 않았던 것, 주름, 유기적 결합의 새로운 단계를 향해 점진적으로 인도할 이 책을 읽어볼 것을 제안합니다.

첫 번째 단계에서 나는 중국에 마주해서만 존재하는 **주제들**의 여정을 통해 나를 깨우치고 근심하고 불안하게 할 것입니다. 그럼으로써 이는 주제적인 단계로서, 열쇠를 쥔 다음의 단어들 : 계절, 전환적 여정(transition), 정신의 유연함(disponibilité), 시의 적절함(opportunité), 무심함(insouciance) 안에서 표현됩니다. 우리는 다음과 같은 형태의 담론을 가장 자주 만납니다 : **중국에 없는 것은 시간**이지만 **중국에 있는 것도 시간**인데, 정확히 말하면 그 이유는 중국에는 시간이 없기 때문이다. 여기에는 어떠한 주제적 흩어짐이 있습니다.

내가 주제적인 단계와 대립시키는, 적어도 한 번은 **계보적** 단계라고 명명되는 이 두 번째 단계에서는 사유되지 않았던 주름에 관한 질문으로 돌아옵니다. 우리는 두 사유의 동반자들을 마주봄의 관계에서 나란히 옆에 있는 관계로 만드는 비교주의에 대한 위험으로부터 멀어지면서, 밖으로부터의 해체로 인도됩니다. 중국의 사유는 시간에 대한 기존의 "궤적"으로부터 나오게 함에, 시간에 대한 사유("부동의 시간")를 "움직이게" 함에 도움을 주면서, 성찰적이고 사색적인 노력 없이 우리도 모르는 사이에 취해진 주름에 다다르게 하는 데 도움을 줍니까?

재범주화하는, 새로운 유기적 결합의 단계인 세 번째 단계에서는, 삶에 대한 질문이 제기됩니다 : 여기서는 해체를 통해 구축된 철학적 장소에서 마침내 그 모습을 드러내는, 내가 위험을 감수하고 명명하는 중국 사유의 지혜가 그 윤곽을 드러냅니다.

그러나 한 사람의 독자로서 이러한 여정에 들어서기 전에 나는 우선 글쓰기에 대한 질문을, 즉 일반적인 글쓰기가 아닌, 프랑수아 줄리앙의 작업장을 점령하고 있는 일련의 책들 속에서 프랑수아 줄리앙의 글쓰기에 대한 질문을 해보고자 합니다. 어떻게 밖으로부터의 시선을 내세우며, 밖을 통한 해체를 요청하는 책들을 프랑스어로 쓸 수 있습니까? 우리는 우위에 두는 사유를 상정하지 않음에 대해 동의합니다 ; 나는 여기에 더하여, 우위에 두는 **언어** 또한 상정하지 않음에 동의합니다. 자, 여기에 프랑스어로 쓰면서 중국의 것을 사유하면서 연구하는 중국학자가 있습니다 ; 아울러 내가 아주 존경해 마지않는 다음의 작업, 저서의 마지막에 게재된 중국 어휘집에서 모든 어휘들을 번역한, 프랑스어에 대한 의미의 해체 작업을 수행한 중국학자가 있습니다. 프랑스어로 대개 하나는 "확장하는" 에너지, 다른 하나는 "모이는" 에너지를 지칭하는 음과 양을 제외한 모든 어휘를 말입니다. 우리가 저

자와 함께 공통적인 바탕이 존재한다는 생각에서 멀어져 있다면 어떻게 이러한 글쓰기가 가능할까요? 또한 프랑수아 줄리앙이 한 번 또는 두 번 갈라짐에 대하여 말하는데, 무엇으로부터의 갈라짐입니까? 중요한 사유의 선은 두 사유의 "사유 가능함들"의 선이 있음이고, 이는 푸코의 표현을 다시 취해 보자면, **전혀 다름** (hétérotopie)의 상황을 만듭니다. 제기된 질문은 번역에 대한 것이고, 나는 프랑수아 줄리앙이 어디엔가 이에 대한 문제를 다뤘는지는 모릅니다. 확실히 번역 가능함의 바탕에는 패러독스가 있습니다 : 한편에서는, 한나 아렌트가 자주 말하는, 복수의 언어들, 복수의 종교들, 복수의 문화들이 있는, 예외 없는 인간의 복수성입니다. 다른 편에서는, 상인들, 사절들, 첩자들, 직업적인 또는 현장을 누비는 번역가들이 항상 있었던 사실에 비추어 보았을 때 우리는 항상 번역해 왔다는 사실입니다. 사유들의 사유 가능함이 전혀 다르다면, 어떻게 번역이 가능할까요? 번역 가능함은 무엇입니까? 이는 언어의 성찰적인 측면, 즉 언어의 내부 그 자체에서 무엇에 대해 말하는 정의하는 가능성, 다시 말해 같은 어휘부에서 다른 어휘들로 단어를 가리키는 그 가능성—자신의 언어를 다른 언어들 중 하나로서 이해할 수 있는 가능성, 다시 말해 밖으로부터 언어를 보는 가능성—을 통해 드러나는 측면에서 찾아야 하지 않을까요? 이미 전제되어 있는 것은, 모든 독자는 자신의 언어를 말할 수 있다는 점이고, 언어 사이에 있는 간격(décalage)을 이용해 또 다른 언어를 배울 수 있다는 점입니다. 고백하건대, 밖으로부터의 해체는 해체를 따르는 무엇인가를 가정하기보다는, 소중하게 정복되면서 언어에 대한 환대로 나아가는, 언어의 성찰적인 면을 따르는 무엇인가를 가정하고 있는 것이 아닐까요? 나는 프랑수아 줄리앙에게 이러한 번역의 패러다임에 대해 성찰하고 썼는지를 묻습니다.『토론』이라는 집약적인 그의 책에서 나는 "간격의 작업"이라는 이와 가까운 하나의 개념을, 그러나 이는 탈범주화와 재범주화 하는 작업에 한해서 이미 주제적인 단계를 수행하고 있는, 그러한 개념만을 찾을 수 있습니다.

　내가 읽은 것에 대한 질문들에 앞서 이러한 질문을 제기한다면, 이는 정확히 말하자면, 언어가 부여하는 것에 대한 의심 때문입니다 : 존재(être)에 대한 동사가 없는 것, 동사들로 표현되는 시간이 없는 것 때문입니다. 나는 언어의 한계지음에 도사리고 있는 것에 관하여 항상 신중함을 표현했습니다. 우리는 그리스 철학에 언어의 한계지음을 적용했습니다 : 이는 그리스인들이 존재론들을 발전시킬 수 있었을 동사, "être(역주: '있다, ~이다'의 영어 be 동사와 같은 존재적 동사)"가 있었기 때문이었을 것입니다. 확실히 "être"라는 동사와 함께, 그리스인들은 존재론들을 구축했습니다. 이에 덧붙여, 동사들로 표현되는 시간을 통해 말해지지 않는 것은 부사나 어휘들의 다른 자원들을 통해 그렇게 할 수 있습니다 : 묵가의 논지에서나 장자에서 보는 것처럼 "전에", "후에"로 말입니다. 이렇게 대체하는 연습 속에서 우리가 방금전 언급했던, 번역 가능함의 간접적인 조건, 같은 것을 다르게 말하는 것을 가능하게 하는 성찰적인 면이 수행됩니다. 그럼으로써 번역할 수 없는 언어는 없다는 생각이 확고해집니다. 번역이란 항상 번역 불가능한 것을 줄여나가는 것이 아니겠습니까?

나는 **안**의 언어에서 **밖**의 사유를 드러내고 있는 프랑수아 줄리앙의 작업을 구성하는 글쓰기의 패러독스를 통해 서언의 형식으로 이러한 설명에 끝을 맺습니다.

주제적인 단계로 갑니다. 이 단계는 다음의 거대한 교대적 이어짐을 통해 책이 구성되는 단계입니다 : "중국인들은 시간을 사유하지 않았기 때문에 시간을 사유할 수 있었다." 글쓰기에 대한 행복 덕분에, 그리고 중국어를 말하지는 못하지만 중국의 것을 사유할 수 있게 한 프랑스 언어에 대해 성공한 작업의 호의 덕분에, 나는 아무것도 비판할 것이 없으며, 배울 수 있는 것만이 있을 뿐입니다. 나는 이러한 공적에 대해, 그리고 글을 읽는 행복에 대해 기꺼이 말합니다. 제목들이 흔히 이분법적이라고 해도, 시간 또는 계절, 시간의 팽창 또는 전환의 여정, 시의적절함 또는 파문을 일으키는 사건, 근심이 아닌 무심함으로 앞서감에 반(反)하는 정신의 유연성과 같이, 여기서 최소한 스스로를 역행하면서 사유하지 않음을 느낄 수는 있습니다. 두 번째 단계에서는 나는 해체의 결과를 봅니다. 이는 번역이 조용하게 수행되면서 중국어에서 프랑스어로 문화 적응이 일어난 덕분에, 논쟁적 방법이 아닌 확장으로서 내가 겪었던 것을 강조하기 위함입니다. 나는 계절들을 그 영역들과 그 기후들, 그 주기들과 함께 **이해합니다.** 또한 순간과 시의적절함은 시간의 겉피로부터 나와 있음을 우리에게 말합니다. 확실히 시간은 무엇인가가 일어나는 것을 둘러싸고 있는 불가피한 겉피이지 않나요? 앞서는 것도, 뒤처지는 것도 생각하지 말고, 사건들이 가고 오게 둡시다 ; 계절의 순간과 자연 속에서의 역사와 정치를 존중합시다. 얼마간은 날짜를 생각하지 말고, 또 얼마간은 날짜를 생각하며 '움직임의 순간'을 기다려 봅시다 : 장자와 함께 지속을 한계짓는 것(duration)보다 나은 지속함(duratif)에 대해 말해 봅시다. 어디로 가는지 모르고 떠나가고 있는 과거가 있으며, 어디로 향하는지 모르고 오고 있는 현재가 바로 여기에 있습니다. 끊임없는 전환의 여정(transition)을 말하고 사유해 봅시다 : 계절적 존재에 근원적으로 내재해 있는 수용성에 따라, 지나가는 시간보다는 만들어지고 있는 시간을 맞이합시다. 오는 지점과 가는 지점 사이의 시간의 늘어짐에서 탈피하여 전환의 여정에 운행적인 성격을 부여해봅시다. 시간과의 관계를 드라마틱하게 만드는 예기치 않는 사건의 침입에, 침묵 속에서 계속하여 흘러감으로 맞서 봅시다.

이 책의 중심은 제5장, "현재를 살기?"에 있습니다. 프랑수아 줄리앙은 삶에서 출발하여 재범주화를 시도하는 세 번째 단계를 예고합니다. 그러나 프랑수아 줄리앙은 우선 주제적인 도식에 힘을 줍니다 : 이는 되돌아오게 되는 순간에 대한 논리적 궁지들을 벗어난 현재, 그리고 달아나는 현재와 영원한 현재 사이 와해됨을 벗어난 현재입니다. 이 장은 서양에 맞서 있는 가장 논쟁적인 장으로서, 영원히 가고 오는, 기원도 결론지음도 없이 새롭게 거듭남의 긍정성 안에서 구축됩니다. 삶은, 처음과 끝 **사이**에서의 삶이 아니며, 우리는 그 **사이**에서 살지 않습니다. 삶은 계속되는 것만으로 충분하며 죽음이라는 무례한 침입으로 보류됩니다. 그런데 삶은 "삶을 직접적으로 대면함에서 어떠한 성찰적 거리도 존재하지 않음"[2]이 맞습니까? 그렇습니까? 헤아려지고 요청되는 지성에 대해서는 **어떻게 생각하십니까?** 이는 "시의적절하게 살기(vivre à prospos)"에 있는 훌륭한 내용들과 함께, 해체보다는 반복에 의미를 두면서 중국에서 다시 몽테뉴로 향하는, 주제적인 단계인 첫 번째 단계로 들어선, 이미 세 번째 단계입니다. 사실상, 주제적인 도식에서는 계절적 순간으로의 회귀로 초대될 수밖에 없습니다. 이러한 회귀는 순간의 시의적절함에 대해 말하는 훌륭한 두 장(章)들에 들어서면서, 영원성에 대한 측면에 곁눈질함 없이, 삶의 운행의 흐름에 대한 거듭남으로 나아가게 합니다. 말해지기를, 모든 순간은 확실히 자리 잡은, 또는 어렴풋이든 어떠한 시의적절함을 품고 있으며, 지혜란 이러한 "전환의 여정의 논리"가 가동하도록 내버려 두는 것일 겁니다.

이 훌륭한 장은 정신의 유연함과 내면의 앞서감을 상반시킴으로써 자신의 이중어(doublet)를 갖습니다. 몽테뉴로 돌아가 봅시다 : "춤출 때는 춤추고, 잘 때는 잔다." 앞서감을 경계하자는 것입

2) *Du «temps»*…,*op. cit.*, p. 114.

니다. 행하고 있는 것을 단지 행하자는 것입니다 : "그럼으로써 나는 **내재성**으로부터가 아닌, 순간에서부터 출발한 정신의 유연함을 생각할 것을 제안할 것이다"[3]… 유연함은 나라는 주체에 있는 것이 아닌, **가고-옴**에 있습니다 : "**때맞춰 가고, 때맞춰 온다**"고 도가의 사상가는 말합니다. 우리는 무심함이 근심에 상반되는 것임을 이미 이해했습니다. 우리의 시간에 대한 사유에 대하여 이것의 계보에 대한 가장 어려운 과업에 부딪히기 위하여, 나는 여기에서 이 주제적인 여정을 마칩니다 : 계보란 밖으로부터의 해체와 다르지 않습니다.

나는 "풀기 힘든 문제에서 사유의 궤적까지"라는 첫 번째 장으로 돌아옵니다 : 책에서 흩어져 있는 토론에 합류하면서, 사유되지 않았던 것, 사유의 **주름**을 향해 갑니다. 바로 이 지점에서 나는 가장 신중한 접근을 합니다. 프랑수아 줄리앙은 "그리스에서부터 중국까지"에서 『토론』이라는 그의 책 말미에, 시간에 대해 서양의 전통이 없을 수 있음을 알게 할 목적으로 이에 대해 환기해 보는 논증에 소홀하지 않습니다. 긴장의 형태들에 주의를 기울임은 단지 안에서 보았을 때일 것입니다. "왜냐하면 중국에서, 즉 밖에서 서양을 보면 반대로 서로 긴밀하게 연결된 정합적인 논리와 암묵적으로 무한히 합의된 것들에 주의를 기울이며, 이 긴밀하게 연결된 논리와 암묵적으로 합의된 것들이, 그 사유의 주름 안에

3) *ibid*, p. 155.

서 가늠조차 할 수 없는 점착을 통해, 명백히 전혀 다른 것을 사유의 기반으로 구성하면서 연결되어 있기 때문입니다."[4]

　나는 시간에 대한 서양 사유의 풀기 힘든 문제에 대한 당황스러움을 고백합니다. 정말로 어떻게 시간에 대한 논리적 막다른 궁지의 해결하기 힘든 문제로부터 나와 이로부터 그 사유의 궤적까지 올라가 보며, 또 그 사유의 궤적에서부터 사유의 주름까지 갈 수 있는지 모르겠습니다. 이는 프랑수아 줄리앙의 글의 내용을 읽으면서 밖으로부터의 사유로부터 유발된 앞서 언급했던 계보에 내가 저항하기 때문에 그런 것일까요? 풀기 힘든 문제에 대해 말하자면, 나의 관점에서 보자면, **이야기**와 말해지는 **시간**에 대한 나의 연구에서 나는 시간이 우주적인 시간과 현상학적인 시간으로 이중화되는 난관에 부딪혔었습니다. 여기서 우주적인 시간에 관계하는 것은 변화들에 어렵게 조율되는 분야로서 작용의 학(學)인 물리학, 원자 물리학, 천체 물리학, 지질학, 생물학, 유전학이고, 현상학적인 시간에 관계하는 것은 기억과 약속에 의해 편향된 시간을 말합니다. 만약 우리가 거대한 이론적 관념들에서 그 단계들과 영역들 사이 이러지도 저러지도 못하는 상태를 지나친다면, 사유들의 "이해 가능함"의 환기하고 강력히 요청하는 단계에서 불거져 나오는 내가 명명하는 "사유의 사건들" 사이의 비연속성을 통해 어떻게 타격을 받지 않겠습니까? 아리스토텔레스와 함께,

4) *Le Débat, op. cit.*, p. 139.

시간적인 간격을 생각하기 위한 두 순간의 구분 지음, 숫자로 표시되는 시간에 대한 변화의 우위에 대해 생각해 봅시다 ; 그리고 아우구스티누스와 함께, 팽창과 내포 사이의 긴장 안에서 과거로부터 현재로, 미래로부터 현재로, 현재로부터 현재로 분리되는 살아있는 현재를 생각해 봅시다. 그리고 연속됨과 동시성만을 통해 특징지어지는, 일차원의 거대함으로 시간의 형태를 생각한 칸트도 있습니다. 분할 불가능한 지속에 대해 말하는 베르그송에 대해서는 **어떻게 생각합니까?** 하이데거의 미래적인 것, 죽음을 향해가는 존재에 대해서는 어떻습니까? 프랑수아 줄리앙은 그 스스로, 독자와 해설가에서부터 더 나아가, 그리스적인 동시에 히브리적인 것에 성공한, 이러한 전통의 모순을 무시하지 않는 서양 사유에 대해 비판합니다 : 아리스토텔레스의 『자연학』 제4권에 대한 프랑수아 줄리앙의 비판은 이 점에서 훌륭한 본보기가 됩니다 : 나뉘어지며 이어지는 순간… 달아나는 영원한 현재…. 그런데 여기에서 이러한 프랑수아 줄리앙의 비판은 하나의 관념이 다른 관념을 죽이는 반대 입장을 표명함이 아닌, 갈등의 여정을 통해 서양 사유에서의 시간 자체에 있는 막다른 논리적 궁지에 다다른 특징에 대해 인식해 봄에 있습니다 ; 비교를 통한 밖이 차단된, 사유의 막다른 궁지에 대한 고백을 통한 안의 시간이 차단된, 이러한 차단된 담론의 이어짐 안에서만 말해지는 시간에 대해서 말입니다. 나는 이 긴장 관계에 집중함이 반드시 중국의 사유로 나아가야 한다고 생각지는 않습니다. 그렇다면 이에 대한 응수는 감춰져 있는 은밀히 합의된 것들을 드러나게 할 수 있는 밖으로부터의 시선에 있을 것입니다. 감춰져 있는 은밀히 합의된 것들에 대한 생각을 통해, 우리는 이에 대해 말하여지지 않았던 것으로서의 사유의 주름에 대한 생각에 가까이 다가설 수 있습니다.

나는 여기서 의심의 형태로 하나의 가정을 해봅니다 : 중국과 중국의 훌륭한 사상가들에 마주하면서 히브리적인 것들보다는 그리스적인 것들에 더 주의를 기울이는 프랑수아 줄리앙은, 후의 이론적 관념들에서 사유되지 않은 것으로 남을, 시간과 영원성에 대한 상반되는 특징을 강제하려 했던 것은 아니었을까요? 프랑수아 줄리앙은 칸트의 시간의 형태가 말하지 않는, 존속되는 영원성으로 시간을 우위에 상정하고 있음을 제시하고 있는 것이 아닐까요? 신플라톤주의에 부여되고, 아우구스티누스와 함께 재해석된 기독교식의 플라톤주의에 부여된 우위는, 삶의 철학과 그 내재성에서 용어 하나하나 상반되는 초월의 철학 안에서, 자주 성찰되지도 언급되지도 않았던 이러한 초월의 철학 안에서 서양을 안정적으로 구축하게 허용한 것이 아닐까요? 베일에 가려진 채 존재론과 존재론적 신학에 맞선 논쟁이 프랑수아 줄리앙의 책 전체에서 계속하여 이어지고 있지 않습니까? 여기서 하나의 질문이 갑자기 생깁니다 : 서양의 모든 사유에서 사유되지 않았던 것을 드러내게 하는 계시자로서 사유의 이해 가능함의 순간은—시간과 영원성 중—무엇에 가치를 둡니까? 여기에 힘의 일격이 있지 않습니까?

요약하자면, 나는 풀기 힘든 문제를 봅니다. 사유의 궤적에 대해, 사유의 주름에 대해서는 더더욱이 모르겠습니다. 나는 프랑수아 줄리앙이 이 주름을 말하면서 **우회-회귀**에 대해 말하는 부분을 다시 읽었습니다 :

정세(circonstance)에 대한 개념은 서양 사유의 선택, 요컨대 주요한 선택을 드러나게 한다. 정세란 "주위"에 이것이 "지탱되고 있는" 것으로서의 상황이고, 주위라고 함은 주체인 내가 정의한 특별한 의미가 부여된 축의 주위를 의미하면서, 이 개념은 주체가 드러나고 구축됨으로써 정세에 대한 주체의 독립을 통해 드러나는 것이기도 하다. 결국, 정세란 개념은 나의 주도권을 벗어나 있는 그 모든 것이 집어넣어져, 처박혀진 (가장 최악의 경우는 완전히 뒤섞여져 벗어나 있는 상태) 거대한 가방이며, 나의 계획들을 흔들게 하며, 또는 적어도 나의 영향력 밖으로 떨어지게 하는 것이다. 그런데 이러한 관점에서 중국 사유의 선택은 반대임을 나는 기꺼이 말하겠다 : 중국 사유는 주체가 아닌, 상황으로부터 출발하는데, 정세란 항상 변화하기 때문에 상황이 곧 순간(본래의 개념의 축에서 계속하여 벗어나게 되면서 정세를 말하는 다른 용어로서)인 것이다.[5]

이후, 그리스 사유와 유럽 사유는 정세의 시의적절함(opportunité)에 대해 더 이상 거의 사유하지 않게 될 것이다.[6]

---

5) *Du «temps»*…, *op. cit.*, pp. 136~137.

우리는 항상 너무 늦게 다다르고 주름은 이미 만들어져 있습니다. 두 갈래로 갈라지는 순간에, 복수가 만들어지는 순간에 다가갈 수 없으며, 이를 찾을 수 없습니다. 우리는 사유가 불일치되는 상황에서 사유들의 이해 가능함을 통해 바로 이해할 수 있게 됩니다. 그런데 다른 해결책들은 제시되지 않는가요? 무엇이 '시간'이라는 제목을 가능하게 합니까? 우리는 궁극적인 지시 대상에 대해, 다른 지성의 이해 가능함들 안에서 비교할 수 있는 것들에 대해 말합니까? 무엇인가를 말하는 **주제에서** 대립함으로써, 그것을 말하는 **어떻게 생각하느냐**의 단계에서 지성의 여러 이해 가능함들은 서로 대립하지 않습니까?

나는 질문을 열어 놓습니다. 인용부호로 묶인 매우 서양적인 "시간(temps)"이라는 실사에 이어, 그 앞에 부분관사 "du"라는 짧은 단어를 통해, 프랑수아 줄리앙의 이 책의 매우 어려운 제목이 전제하는 것으로 보이는 이 질문을, 이미 환기된 언어의 성찰적인 면으로서 아마도 모든 언어가 가지고 있는 공통적인 구조들, 의미들과 지시 대상들 사이의 관계로 우리를 이끄는 이 질문을 열어 놓습니다.

나의 놀라움은 다른 것에 있는데, 이는 주름을 펼치는 것에, 즉 서양의 **여러** 지혜들을 또다시 교차하고 있는 삶에 대한 지혜의 전개에 있습니다 : 여기서는 몽테뉴가 문제의 중심에 있습니다.

6) *ibid.*, p. 137.

그래서 지혜는 범주화되기 이전의 주름에 대해 많이 신경 쓰지 않고, 다음의 오직 하나의 질문으로 향합니다 : 어떻게 "철학에서 삶"이라는 질문으로 다시 접근할 수 있을까요? 우리는 고민해 보지 않고는 삶이라는 이 질문에 다가설 수 없습니다.

(…) 만약 우리가 그 자체로서 이론화될 수 없고, 평범하기 그지없는 삶에 대한 질문을 저버림에 동의하지 않는다면, 철학의 개념적인 요구가 확실하게 입증된 후, 삶에 대한 질문이 오늘날 철학 하부의 것으로서 장르를 형성하면서, 철학의 퇴화된 아류의 생산물로서 모습을 드러낼 수밖에 없는 것으로 전락함을 감수해야 하는가? 나의 작업은 정확하게 이에 관계하여, 이 "하부"[7]에 몰두하지 않고 우리가 편의상, 전통적으로 "지혜"라고 부르는—특히 중국 사유에 대해서—일반적인 것의 바탕을 형성하는 철학을 떠받치고 있는 것 (l'infra-philosophique)을 구조적이고 개념적인 로고스, 즉 이성의 언어로 거듭나게 시도함에 있다.*

바로 여기에서 프랑수아 줄리앙은 중국의 것을 프랑스어로 사유함을 수행합니다.

---

7) *ibid.*, p. 131.

* 역주: l'intelligibilité ; 직역하면 가지성(可知性)으로, 이 글에서 유럽 사유와 중국 사유와 관계하여 자주 언급되는데, 문맥이나 문장 안에서 이해하기 쉽도록 이를 '사유 가능함'(또는 '이해 가능함')으로, 때로는 '지성'으로 번역하였다.

주요 참고 서적

· François JULLIEN, *L'écart et l'entre*, Galilée, Paris, 2012.

· François JULLIEN, *Il n'y pas d'indentité culturelle*, L'Herne, Paris, 2016.

· François JULLIEN, *Près d'elle,* Galilée, Paris, 2016.

· François JULLIEN, *Une seconde vie,* Grasset, Paris, 2017.

· François JULLIEN, *Dé-coïncidence,* Grasset, Paris, 2017.

· *Jullien,* Le Cahier dirigé par Daniel Bougnoux et François L'Yvonnet, L'Herne, Paris, 2018.

· François JULLIEN, *De l'écart à l'inouï,* L'Herne, Paris. 2019.

그 외 참고 서적

· François JULLIEN, *La valeur allusive*, École française d'Extrême –Orient, Paris, 1985.

· François JULLIEN, *Éloge de la Fadeur*, Philippe Picquier, Paris, 1991.

· François JULLIEN, *Traité de l'efficacité*, Grasset, Paris, 1996.

· François JULLIEN, *Un image est sans idée*, Seuil, Paris, 1998.

· François JULLIEN, *La grande image n'a pas de forme*, Seuil, Paris, 2003.

· *Dépayser la pensée*, Recueilli par Thierry Marchaisse, Les empecheurs de penser en rond, Paris, 2003.

· François JULLIEN, *Nourrir sa vie*, Seuil, Paris, 2005.

· *Chine / Europe : Percussion dans la pensée à partir du travail de Francois Jullien*, Essais-débats sous la direction de Pierre Chantier et Thierry Marchaisse, Puf, 2005.

· François JULLIEN, *Chemin faisant*, Seuil, Paris, 2007.

· François JULLIEN, *De l'universel de l'uniforme, du commun et du dialogue entre les cultures*, Fayard, Paris, 2008.

· Paul Riceur, *Sur la traduction,* Bayard, Paris, 2008.

· François JULLIEN, *L'invention de l'idéal et le destin de l'Europe*, Seuil, Paris, 2009.

· François JULLIEN, *Les transformation silencieuses*, Grasset, Paris, 2009.

· François JULLIEN, *Cette étrange idée du beau*, Grasset, Paris, 2010.

· *Dérangement – Apercus*, Tesxtes réunis par Cécile Serrurier et présentés par Bernadettes Bricout, Hermann, Paris, 2011.

· *Critque : «François Jullien, retour de Chine»*, Tome LXVII – n. 766, Revue générale des publications françaises et étrangères (mensuelle), Mars, Paris, 2011.

· *En lisant François Jullien*, Colloques au collège de Bernadin, Lethielleux, Paris, 2012.